U0108085

METHODS FOR LEARNING ENGLISH

用 聽寫法
你也能學好英語

Zhong Dao Long

國家圖書館出版品預行編目資料

用聽寫法你也能學好英語 = Methods for Learning English
／Zhong Dao Long 著. --初版. --〔臺北市〕；寂天文化，
2009〔民98〕面； 公分

ISBN 978-986-184-520-3 （25K平裝）
1. 英語 2. 學習方法

805.1   98004644

用聽寫法你也能學好英語
Methods for Learning English

作　者　Zhong Dao Long

製　作　語言工場
出　版　寂天文化事業股份有限公司
電　話　02-2365-9739
傳　真　02-2365-9835
網　址　www.icosmos.com.tw
讀者服務　onlineservice@icosmos.com.tw

出版日期　2009年4月 初版一刷
郵撥帳號　1998620-0　寂天文化事業股份有限公司
　　　　　*劃撥金額600(含)元以上者，郵資免費。
　　　　　*訂購金額600元以下者，請外加60元。
　　　　　〔若有破損，請寄回更換，謝謝。〕

前言

你是不是學了多年英語，到現在還是開不了口？

你是不是好幾次決定要把英語學好，到現在英語還是不上不下？

你是不是也覺得，有這麼多英語教學機構，有這麼多英語學習教材，到現在你還是沒有找到學好英語的方法？

別擔心！學英語，我們給你好方法！

聽寫法——學習英語的好方法

本書作者鍾道隆教授，一度是擁有高學歷的科技工作者，學了多年英語，看得懂英語專業書籍，45歲出國時卻依然是個「英語啞巴」。回國後，他開始發憤學英語，只花了一年的時間就成為專業口譯。他從自己成功學習英語的經驗，整理出一套英語學習「聽寫法」。十幾年來，不同學歷、不同程度的人接受他的指導，以「聽寫法」學英語，無一不獲致成功。

本書結構與內容

本書共分爲九章：

Chapter 1　我怎樣學會英語

詳細敘述了作者成功學習英語的經過。

Chapter 2　你也能學好英語！

強調英語的重要性，並建立起讀者學好
英語的自信心。

Chapter 3　用聽寫法學好英語！

深入分析英語學不好的原因，並仔細說
明「聽寫法」的基本精神和實際做法。

Chapter 4　你該養成的能力

說明應該養成的英語能力及養成的方法。

Chapter 5　電腦──聽寫法的好幫手

Chapter 6　慢速英語──聽寫法的好教材

仔細介紹以「聽寫法」學習英語值得善
加利用的利器──電腦和慢速英語。

Chapter 7　如果你還是學生

「聽寫法」不只適於自學，也適合在學

的學生，本書也提出學生如何結合課業
與「聽寫法」學習英語的方法。

Chapter 8　用過都說好！

收錄了使用「聽寫法」後成功學好英語
的讀者的親口告白。

Chapter 9　結論

此外，作者自身學習英語的實例、和十幾年來指
導別人以「聽寫法」學習英語的豐富經驗也穿插於字
裡行間，為各個理論增添了實戰性與趣味性。

快來使用聽寫法！

「聽寫法」使幾乎聽不懂、說不了英語的研究
生，在一年內就擔任專業技術會議的口譯；使非外文
系大學生在英語專業工作者演講比賽中獲得大獎；使
屢次英語考試不及格的學生，以接近滿分的高分通過
托福考試；使62歲老人的英語進步得比年輕人還要
快……。看完本書，你將發現，「聽寫法」是個已實
驗多次而被驗證的處方，也是你學好英語最佳的方
法！還等什麼？現在就來使用「聽寫法」！

CONTENTS

CONTENTS

CONTENTS

CONTENTS

CONTENTS

CONTENTS

● *Chapter 1*

我怎樣學會英語

Methods for Learning English

◎學英語 給你好方法

 ## 「英語啞巴」的尷尬

我以前念中學時，從來沒學過音標，因此英文的發音都是跟著老師念，對不對也不得而知。有時就會鬧出笑話，例如 diningroom 中的第一個 i，不發〔ɪ〕，而發〔aɪ〕，但是因為老師都讀成〔ɪ〕，我們也就跟著讀錯了，直到後來才糾正過來。

上大學以後我改學俄語，但是畢業後仍自修英語，所以我還能閱讀相關的英文專業書籍。但是我從來沒有學過聽和說，所以根本就是個「英語啞巴」。

◆被逼到牆邊的啞巴

1979 年，我 45 歲，第一次跟團去法國和德國參觀訪問。當時我能閱讀英文專業書籍，算是團裡英語程度較好的。但是我除了一般的問候語以外，幾乎什麼都聽不懂也不會說。所以我們一行人一到巴黎，隨團的翻譯就要求所有不會說英語的人隨身帶一張卡片，上面寫著「我住在某某旅館，現在迷路了，請把我送回去。」以防團員走失時可以使用。

由於聽不懂、不會說，除了在參觀過程中因為聽不懂專業的技術性字彙而影響此行收穫外，生活上也經常碰到非常尷尬的局面。

　　有一個晚上，我們請外國朋友吃飯，團長讓我站在門口歡迎客人，每見一位客人進門就問候一聲：「Good evening.」一位外國朋友聽到我的問候以後，以為我會說英語，就對我說起英語來。他說得很快，我根本聽不懂，只能像個啞巴一樣，一句話也說不出來，還本能地直向後退。結果我退一步，外國人就向前一步，繼續滔滔不絕地對我說話，直到我退到牆邊無路可退為止。

　　當時團長常常鼓勵我：「膽子大一點！」其實我心裡很清楚，這根本不是膽子大小的問題，而是根本聽不懂、說不了，哪裡來的膽子？

◆連投影片都看不懂

　　聽不懂、不會說，那麼閱讀是不是就沒有問題呢？也不是。當時我們開會時所用的投影片中，不少英文字都是大寫的。對於這些大寫的字，我沒辦法立即反應，需要在腦子裡轉換成小寫才看得懂。投影片

一張接著一張，更換得很快，上一張的內容我還來不及反應，下一張就來了，所以基本上我還是看不懂。

當時的我是通信工程設計所的總工程師，是高級知識分子。面對這種狀況，心裡真有說不出的感慨：「連我這個總工程師也只有這樣的程度，幾乎就跟文盲一樣，外國人怎麼會看得起我們？」

我深刻地體會到：我的英語程度已經遠遠不符合時代發展的需要了。想要直接學習外國的先進科技，就得發憤好好學英語，提升會話能力。

發憤學英語，一年當翻譯

❀ 想當年……

加強英語聽力與會話能力，最好的方法就是生活在英語環境中，天天聽英語、說英語。我沒有這樣的環境，但是我可以創造這樣的環境。當時沒有 CD player，但是錄音機非常普遍，因此聽錄音帶就是一個確切可行的辦法。

◆找到方向

那時我憑著一股衝勁，先後配合錄音帶念過幾本書。我配合著錄音帶看書，似乎沒有看不懂的地方。但是一年左右下來，花的功夫不少，收穫卻不大。聽力、會話和閱讀能力都沒有明顯的進步，好像碰到了一座無法逾越的壁壘。

我感到苦悶與彷徨：要繼續努力嗎？但是又好像困難重重，無法取得突破性的進展。要放棄嗎？但是我的工作的確需要英語。當時我一個人住，閒暇時間沒有什麼事可做，所以我決定繼續學英語。

但是怎麼學呢？我請教一位專業的英語譯者，他說：「我們在外文系學了好幾年，也不是全都能聽懂，你已經45歲了，可能更困難。」聽了他這番話，我領悟到學好英語並非一蹴可幾，於是打消了急於求成的念頭，做好了長期作戰的準備。

我突然想起我聽懂京戲唱詞的過程。

以前我覺得京戲很好聽，可是總聽不懂，不知道他們哼哼呀呀唱些什麼。

後來我有個室友是京戲迷，他有很多京戲唱

片。我問他，怎樣才能聽懂京戲？他說京戲很公式化，只要聽懂幾齣，就能聽懂所有的京戲了。以後他只要一放唱片，就一句一句地爲我講解唱詞。

就這樣，我慢慢地聽懂了幾齣戲，後來再去聽別齣，果然也能聽懂了。

那麼，我也可以用這種方法學英語啊！

但是，從哪裡起步呢？我的聽力很差，說話速度快一點，就根本聽不懂，所以只能聽專門爲初學英語者設計的「**慢速英語**」（**Special English**，專爲英語學習者設計、說話速度較慢的英語）。說做就做，當天晚上我就開始一字一字、一句一句地聽寫慢速英語。這一天是 1980 年 1 月 31 日，對我來說是個很值得回憶的日子，因爲從這天開始，我走上了踏踏實實學習英語的成功之路，而且從未中斷過。

◆打好基礎

雖然我已經認得不少字，但剛開始聽寫時，因爲很多字都不會唸，所以即使聽到發音也不知道那是什

麼字。這樣很難繼續下去，那怎麼辦呢？我果斷地停止了聽寫錄音帶，改聽電台的「初級廣播英語」。我從最基礎的英語發音學起，足足學了五個月，把基礎的英語知識徹底重新學習一遍。眞是「磨刀不誤砍柴工」，以後我再去聽慢速英語，就覺得不是很困難了。

現在回想起來，這一步是很值得的，如果沒有這五個月紮實基礎，今天的我就不可能有這樣的英語程度。

◆ 初嚐果實甜

我持續地練習聽寫慢速英語，從起步開始，慢慢鞏固實力，再漸漸提升實力。

一年半以後，我的英語有了一定的進步，已經能夠進行專業技術會議的同步口譯。

但是我並不因此停止學習，還是繼續聽寫各種題材的**標準英語**（**Standard English**，指一般速度的英語，而非慢速英語）。我甚至利用車禍後臥床不起的三個月，進行有系統的聽寫，使聽力獲得明顯的進步。

◆堅持到底

有的人認爲我之所以能堅持下來，是因爲對英語有興趣。現在我對英語的確有特別濃厚的興趣，而且深深覺得學英語是一種享受。但剛開始學英語的時候，情況完全相反。那時我只覺得學英語是一個沈重的負擔。

對於英語程度好的人來說，慢速英語實在是太容易了。就像有些書的作者總是說：「只要每天聽上 5 分鐘，就可以聽懂！」或者認爲：「只要會 1,500 個基本單字，就可以聽懂！」但是我剛開始聽寫時，根本就是困難重重，不但一條新聞無法完全聽懂，連一句話也無法完全聽懂。

我聽不出來一句話裡有幾個字，更聽不出來每個字的發音與拼法。所以只好一邊聽、一邊把聽懂的字寫出來，寫不出來就先空著，用紅筆標出來。這樣，10 分鐘的國際新聞，花十幾個小時都不一定能聽寫出來。

當時的苦悶眞是言語難以形容──面對著錄音機，一連幾個小時，反反覆覆地放帶倒帶，十幾遍也

不一定聽得懂一個字、一句話，實在是沮喪極了！有時真想把錄音機砸了，不聽了！但一想到「滴水穿石」、「只要功夫深，鐵杵磨成針」等古訓，就又重新燃起決心，堅持了下來。

現在回想起來，如果當時知難而退、半途而廢的話，就不可能會有成功的一天。所謂「鍥而不捨，金石可鏤」，**只要堅持下去，英語程度就會一步一步地提升**。程度提升以後，往往又是一種鼓勵，激勵自己繼續學下去。

◆學無止境

由於英語實力提升了，因此專業技術研討會中翻譯得對不對，我也能做出判斷了。有時翻譯與我翻得不一致，在場的外籍華人一般都說我翻譯的才對，不過這也是因為我對於這個專業領域比較瞭解，其實專業譯員的英語程度比我高多了。

這種情況上演多次後，兩年後我隨團訪問德國時，團長便指定我當翻譯。即使我已經能擔任口譯，但是我仍然一刻也不放鬆，仍然堅持每天學英語。

有時別人問我：「你已經會聽、會講了，為什麼

還要花這麼多時間學英語？」

我只回答：「我喜歡英語。」這也是真的。過年的時候，家人常常會看電視看到半夜一、兩點，而我，就一直念英語念到半夜一兩點。

❀ 字字皆辛苦

有些人只看到我現在的英語程度很好，卻完全不了解我之前花了多少的努力。於是他們總認為我很聰明、記憶力特別好，所以英語才學得這麼好。

我到底有多努力？我可以舉出三個人的話來說明這一點。

一位是我的上司。他看到我廢寢忘食日復一日地苦學英語，對我說：「像你這樣學，是要感動上帝的。」

另一位是公司的同事。她每天經過我的辦公室時總看到我在聽寫，很有感觸地說：「我沒看過有人學英語比你還要認真的。」

最後一位就是我的妻子。她看我一有空就學英語，錄音機哇啦哇啦地響個不停，說：「你怎

麼這麼笨，學了這麼久還學不會？」

　　其實別人說我聰明，不是一件很光彩的事嗎？爲什麼我不乾脆順著他們的意思，說：「對呀！對我來說，英語的確很簡單，有空的時候聽聽錄音帶、寫一寫，不知不覺就學會了！」然後讓他們覺得我眞的很聰明呢？因爲事實根本就不是那麼一回事。

　　有一位看了我的《慢速英語入門》初稿的人對我說：「你不應該把學英語的困難如實地寫出來，而應該把它說得容易一點，這樣讀者才有信心。」我沒有採納他的意見，因爲知識的問題是一個科學的問題，不容許半點虛假。我要一五一十地把學習的困難說清楚，讀者才有充分的心理準備。

　　爲了學會英語，我下了很大的功夫。在有了一定的聽寫實力以後，我堅持每天一定要聽寫 A4 的紙 20 頁，不達目的絕不罷休，即使下班晚了也要補上。從 1980 年 1 月 31 日，我開始奮發練習聽寫的那一天，到三年後我調職爲止，我一共寫了一櫃子的 A4 紙，用去了一大把的原子筆，聽壞了 16 台錄音機，翻壞了兩本辭典（因爲我不斷地在上面又寫又畫）。

所以我經常對別人說：「誰知腦中字，字字皆辛苦。」這句話發自我內心深處，一點都不誇張。

✿ 善用時間

學英語要花很多時間，到哪裡去找這麼多的時間呢？魯迅曾經說過：「時間就像海綿裡的水，只要真正下定決心學英語，時間總是可以擠出來的。」下面簡單敘述我在各種不同情況下，如何擠出時間學英語。

◆ 連假日也不浪費

剛開始苦學英語的那三年，我單身一人，沒有家務負擔，因此非常有利於學習。

一開始的起步階段，必須「大量」地學，要花很多時間，所以我都提前一個多小時起床，早餐前念兩個小時，晚上再念三、四個小時，這樣每天至少可以念五、六個小時。

星期日我照常提前起床，從五點半念到八點半，然後吃早餐、洗個澡，九點半再開始念，一直念到下午四點半吃第二餐為止（當時我們假日只能吃兩頓

飯）。飯後休息一個多小時，再從七點繼續念到十一點，這樣一天總共可以念到十幾個小時。其他假日，放幾天假就念幾天。

每個人的情況都不同，想要達到的英語程度也不同，因此並不一定每天都得花這麼多時間。不過學習的收穫與你付出的努力成正比。尤其是在一開始的起步階段，每天最好要念三個小時以上，好讓英語程度提升到另一個層次。

◆善用零碎時間

現代人常常沒有完整的空閒時間學英語，此時就要善用零碎的時間。

像是我後來調職，每天就得花三個小時通車，業務也比以前忙多了。怎麼辦？我很快就找到許多零碎時間學英語。

早上五點半起床後，我就打開錄音機，邊聽英語邊刷牙洗臉，邊聽英語邊準備早餐，邊聽英語邊吃早餐，出門後，在路上我還是繼續聽。

提前一小時到了辦公室以後，馬上翻字典查剛剛沒聽懂的字，並把聽懂的內容輸入電腦。我把這段時

間的聽寫記錄稱爲「額外一小時的收穫」（the harvest of additional one hour）。

　　這樣從起床到上班前的兩個半小時內，一直沒有離開過英語，起碼可以頂一個小時吧！下班回家的路上繼續聽，吃完晚飯以後，從八點到十點半再念兩個半小時，這樣一天就一定能念三個小時以上。假日就跟以前一樣，一天念十幾個小時。

　　後來我再次調職，單身一人，又有了學習英語的大好條件。在近四年的時間裡，我把大部分的下班時間和假日都花在自修和教英語上，不但使英語實力更上一層樓，又累積了不少教學經驗。

　　62 歲退休以後，學英語的時間更多了。每天早上，先聽一小時的英語廣播並錄音，大略記下聽不懂的生字和較感興趣的部分，隨後再花兩個小時左右進行聽寫，逐字逐句地學習與複習。晚上帶著小收音機，邊散步邊聽英語廣播，至少一小時。這樣每天接觸英語的時間至少也有三小時。不但鞏固也持續地提升英語實力，更開闊了眼界，爲退休生活增添了不少樂趣。

　　善用時間，就是要好好利用無所事事的零碎時

間。例如等車、等人、排隊或開會前的幾分鐘、十幾分鐘，都是值得善加利用的零碎時間。**根據記憶心理學的理論，對於像外語這種以機械記憶為主的內容，及時利用零碎時間進行複習，學習效果可是非同小可的。**

◆ 是福不是禍

隨著學習的深入和程度的提升，英語學習會慢慢地成爲生活中不可缺少的一部分，成爲一種樂趣和享受，一天不學就好像缺少了什麼。

有了這種學習態度，就不會在意客觀條件了，而且不管到了多麼不利的環境，也不會怨天尤人，反而會積極地去適應它、利用它，使之成爲找到新學習途徑的催化劑，進入更高層次的轉折點。

像是我曾出過一次非常嚴重的車禍，右腳脛骨骨折，石膏一直包到大腿，動彈不得，一天到晚只能在床上躺著，長達三個月左右。面對這種情況，是急躁埋怨呢？還是安心療養並利用臥床不起的時間學習英語充實自己呢？我選擇了後者。

一開始時，我只聽不寫，過了幾天，覺得收穫不

大，想要寫卻又坐不起來，後來發現墊上一本厚辭典就可以寫了。就這樣，我每天聽寫十幾個小時，把每天兩個多小時的英語廣播全部聽懂並寫了出來。有聽不懂的，就打電話請教翻譯。結果我的英語實力又大大地提升了。

出院後與外國人會談時，他們都滿臉驚訝地問我，是不是在這三個月期間去進修過？那場車禍對我來說，的確是一場災難，但卻又變成了我學習英語的大好時機，所以我把這三個月的聽寫記錄命名為「災難的結果」（the outcome of a disaster）。

◆ 正大光明地偷聽

出院後，我坐公車時再也不敢戴著耳機聽英語了。幾天下來，又覺得白白地浪費掉每天在路上的三個小時，實在太可惜了，一定要想辦法好好利用。不久，我又找到了新的英語學習方法。

公車上常播放新聞廣播，我就試著把國語翻譯成英語，碰到譯不出來的字句，到了辦公室或到家以後，馬上就去查漢英字典。這樣進行一段時間後，不但充分利用到這些時間，更覺得這種學習方式產生了

獨特而極佳的效果。

◆出差時

　　出差往往是很多人中斷學習的理由，對我來說卻是學習英語的大好時機。首先，我可以充分利用花在交通上的時間。出發之前準備好足夠的電池和錄音帶（現在當然是使用 CD player 會更方便），好在路上聽。碰到聽不懂的地方，如果車上不便於查字典，就記下錄音帶的大致位置，到了目的地以後再聽、再查。

　　千萬不要低估利用下班、下課和假日時間學習英語產生的效果。**積少成多**，如果一天念兩個小時，一年下來不就是六、七百個小時嗎？不就相當於國中、高中的全部英語上課時數嗎？幾年下來，不就等於上了大學嗎？

✿ 我是在國內學會的！

　　有些人認為，我能學好英語是因為我經常出國。其實我是學會了英語才出國的，不是出國以後才學會英語的。

　　當然，如果生活在國外，會有很好的客觀條件和學好英語的可能性。但是要充分利用這些有利條件、實現這種可能性，還是需要努力。不少人一次一次地出國，但就是沒有學會英語，而我，第二次出國就當翻譯了。

　　其實就我來說，我在國內學到的英語，事實上比在國外學到的還要多。因為我出國多是因公出差，有不少工作要做，尤其如果是去擔任翻譯，工作就更多，沒有多少時間坐下來學英語。而在國內時，往往一天念上五、六個小時的英語，因此累積起來的知識，的確比在國外時多多了。

　　以前一位同事以為我是出國才學會英語的，後來他和我一起出國，看到我在國外也是每天堅持聽寫英語廣播後，才說：「原來你是這樣學會英語的。」

◆ 程度不好也可以學好英語

　　也有人以為我開始練習聽寫時，英語程度已經很好了，所以才能把英語學得這麼好。其實不然。1980 年 1 月 31 日，我的第一則新聞聽寫稿如下（粗體字為聽不懂的字）：

Iran's foreign minister has condemned Canada for helping six American **diplomats** escape from Iran. He said the action violated international law and may lead to **worse treatment** for the fifty American **hostages** remaining in Tehran. The foreign minister warned that Canada would have to pay for its action.

The six American **diplomats fled** United States' embassy in Tehran when Iranian **militants seized** the building on December 4th. The six **diplomats** hid in Canadian embassy for twelve weeks and left Iran a few days ago by using Canadian passports. They returned to the United States on Wednesday.

In Washington, the state department **called again on** Iran to release the remaining American **hostages** in Tehran. It said they must be freed before any effort can be made to **improve** the **relations** between the United States and Iran. The **hostages** have been held for eighty-eight days.

才十幾行的稿子，我不懂的生字就有 condemn、diplomat、violate、treatment、hostage、fled、embassy、militant、seize 等九個。

寫出來認得但是聽不出來的還有 worse、call on、improve、relation 等四個。

由此可見，當時我的英語程度其實並不高。現在中學和大學畢業的讀者，英語程度恐怕都比當時的我好太多了。

善用技巧，事半功倍

學英語除了下苦功努力外，還要注意技巧。這裡所說的「巧」，不是投機取巧的「巧」，而是巧妙的「巧」，就是要「用心」和「認真」。

「**用心**」就是及時分析學習時遇到的問題和解決方法，檢討成功的經驗和失敗的教訓，藉以改善學習的方式，以收到事半功倍的效果。

「**認真**」就是遇到問題要一絲不苟，打破砂鍋問到底，直到搞懂為止，以真正提升英語的程度。

❀ 勤於檢討

我在學習過程中，非常注意檢討成功的經驗和失敗的教訓，藉以隨時改善學習方式。其實，本書的每一個章節幾乎都是我檢討後的經驗總結，以下是我的心得。

◆ 打好基礎，不求速成

剛開始下定決心學英語時，我和大多數人一樣，高估了自己的英語程度，低估了學英語的困難，因而輕信英語是可以「速成」的。但是一回一回的速成，結果卻總是速而不成，甚至一度產生放棄的念頭。

在冷靜地分析了自己和周圍其他人的情況以後，我體會到自己屢攻英語不克的主要原因是「急躁」和「基礎不紮實」。評估自己的程度寧低勿高：**在學習進度上要「慢些、慢些、再慢些」，切忌走得太急。**

正是因為有了這樣的體會，我才能放下高學歷的身段，下定決心踏踏實實地從初級英語開始學，並時時鼓勵自己：「學好英語需要長期努力，打好基礎後再加強實力。」

正是因為有了這樣的體驗，我才肯在聽寫慢速英語上下功夫，從起步開始，慢慢鞏固實力，再漸漸提升實力，歷時 14 個月，終於不但聽得懂，更能實際活用，英語程度獲得了空前的突破。

◆逐字逐句聽寫

剛開始學習慢速英語時，由於聽力極差，於是不得不採用逐字逐句聽寫的方法。當時我覺得這樣做是唯一的權宜之計。但是，在過程中，我發現這樣做不但進步快，更對我產生莫大的鼓舞。

由此我歸納出「聽、寫、說、背、想」五個學習步驟，並要求自己一定要「逐字逐句寫」、「不可一字無來歷，不可一字不講究」。以後各個階段的學習，我都秉持著這樣的精神。

◆記單字的祕訣

記單字是件令人頭痛的事。我在學習過程中，發現「準備兩本單字本」，以及「分類整理單字，自己動手編字典」等方法，學習效果極為顯著。

✵ 一絲不苟

與學習其他知識一樣，學習英語必須**要有一絲不苟和精益求精的精神**，碰到問題要打破砂鍋問到底、不達目的決不罷休，搞不懂就要一直掛在心上，直到搞懂為止。

對於學到的東西決不要滿足於一知半解，而要深入鑽研，把邊邊角角的相關知識都搞清楚。只有這樣才能像小學生學語文一樣，每天都能學到新的字，掌握的英語知識才會越來越多、程度才會越來越高。下面舉幾個例子：

1. 一次聽到了 Khmer Rouge 一詞，其中 Rouge 這個字我聽不懂。兩年後聽到一篇有關美國婦女化妝的文章，提到了 **rouge**（口紅），這才恍然大悟，原來 **Khmer Rouge** 是**紅色高棉**，存疑兩年的問題終於有了答案。

2. **Condition** 一字一般解釋為「**條件**」或「**狀態**」，但在形容人有心臟病時用 heart condition，翻譯成「心臟條件」或「心臟狀態」都不太通

順。後來從一本新出版的朗文字典中，才知道這個字可以直接翻作「病」。因此 **heart condition** 就是「心臟病」。

3. 菲律賓反對黨領袖艾奎諾被刺時，不斷地在新聞中聽到 **tarmac** 一字。我根據發音翻查字典，卻遍尋不著。後來請教一美國工程師，才知道是「柏油路或柏油停機坪」，是從 tar-macadam 一詞簡化而來的。

4. 又如一次錄下了這句話：

❖ The peace talks between Iran and Iraq went into **square one**.

　　根據上下文的意思推測出是兩伊和談沒有取得什麼進展，但是當時我手上的辭典並沒有 **square one** 這個詞組，無法確定是否寫對了，因此見人就問。

　　最後終於在 *The Penguin Dictionary of English Idioms* 找到了如下的解釋：

❖ Back to **square one**—back to **the very**

beginning of some task or enterprise as a result of a setback. The allusion is to the game of **Ludo** when a player is sent to square one if he lands on the wrong square.（**Ludo** 是一種英國的兒童遊戲，用小籌碼在紙版上數著玩）

5. 又如一次從慢速英語的經濟新聞聽寫出 **derivatives** 一字，辭典的解釋是「**衍生的；衍生物**」，但是沒有與經濟相關的解釋，所以我完全不知道那是指什麼。

　　幾年後美國巴林銀行的職員利森案發，各種新聞媒體上有關 derivatives 的報導增多，才知道該字的中文翻譯為「衍生性金融商品」，像是**期貨**（**futures**）就是其中一種。

1 我怎樣學會英語

　　只要堅持不懈地去學，英語實力一定會有很大的進步。甚至別人也會感到驚訝：為什麼自學可以學到這個程度！

　　有一次與外國人開完會後，他們草擬了一份會議紀錄給我看，我指出一些拼字和文法上的錯誤，他們

感到非常不可思議：鍾先生的英文怎麼這麼好！我回答說，我的英語程度並不高，只不過是在學習過程中堅持一絲不苟、精益求精罷了。

就像是有一次我陪一位外國朋友去參觀長城，結果是他比我還要熟悉長城的情況。長城的興建和整修過程、多長多寬等等，他說來頭頭是道，而我知道的卻沒有他深入。

這件事聽起來很奇怪，其實很正常。因為我從小就知道長城，沒有把它當一回事，而我的外國朋友去參觀之前，詳細閱讀了各種介紹長城的導覽資料，所以對長城瞭如指掌。

學英語也是這樣，沒有機會進外文系或出國唸書的人也是可以把英語學好的，只要你在學習過程中堅持一絲不苟、精益求精。

❀ 處處學，事事學

學英語還要巧妙地利用各種機會，處處學，事事學。只要你對學英語有強烈的慾望和濃厚的興趣，日常生活中的時時刻刻都可以成為英語學習的第二教室。以下是我個人的一些經驗：

1. 工作中要**查參考資料**時，只要有可能，一定看英文的書，不看中文的，以不斷提升對英語的熟悉度。

2. 多看英文**報章雜誌**或上**網際網路**瀏覽，在應用英語的同時也能學英語。

3. 練習用英文寫日記

　　我在開始奮發學英語時，便同時開始練習用英文寫日記。儘管寫出來的日記就像小學生的日記一樣，全是流水賬，但從學習英語的角度來看，還是很有收穫的。在寫日記的過程中，一定會碰到不少自己不會的英語單字和表達方式，這時便可以透過查漢英辭典或請教別人而增進英語實力。

4. 虛心向專業譯者學習

　　除了有問題向他們請教外，我在參加專業會議時，總會很用心地把他們的譯文與我自己的默譯互相比較，看看他們是怎樣翻譯的，並立刻記在本子上。

同樣，與外國人開會時，不論自己是否充當翻譯，只要有聽不懂的地方，我一定請對方複述或講解，以求能學到更多的英語，千萬不要不懂裝懂。

5. 看電視學英語

看國際新聞時，經常可以在電視畫面上見到一些英語單字和標語口號，都值得好好地注意跟學習。如果看不懂，立刻查字典；如果一次看不清、記不住，那就重播時再看、再記。

6. 走在路上看到的各種英語**廣告和標語**，或是買東西附的英語**說明書**等，都要認真地看，看不懂就查字典。

7. 即使是**教別人學英語**，也可以從中學到不少英語相關知識。

通過這些方式學到的英語知識雖然不見得很有系統，但絕對有以下兩個好處：

❖ 與特定的環境相關聯，因此記得快、記得牢，

效果特別好。

❖ 可以學到新的英語知識，尤其是新出現的英語單字。

　　例如，國際情勢不斷變化，科學技術日新月異，新的英語單字層出不窮，即使辭典年年更新，也不可能收入所有新出現的單字。而時時瀏覽英文報章雜誌或網際網路，則可以馬上學到新的英語單字。

　　英國戴安娜王妃疑因新聞記者追蹤而發生車禍身亡以後，新聞中頻頻出現 **paparazzi** 這個字。字典裡沒有這個字，但是只要注意聽新聞，就知道這個字原是一個電影主角的名字，他到處追蹤名人、偷拍照片。這個字現在我們一般稱爲「**狗仔隊**」。

（四）英語的樂趣

　　即使我學英語已經學了這麼久，日復一日、從不間斷，但是我從來不曾感到厭倦。相反地，英語帶給我無窮的樂趣，這是我以前想都沒想過的。

　　剛開始的那一年，主要是在爲英語打好基礎、鞏

固實力,樂趣來自於學習的過程與收穫;接下來的九年,除了繼續充實英語,更進一步開始在工作當中使用英語,應用的樂趣自此產生;之後我開始教別人英語,教學與鼓勵又是令一種樂趣。

❀ 學習的樂趣

有人覺得我學英語的過程太刻苦了,「對身體不好」。其實話說回來,不少人倒是願意在「玩樂」上下苦功,有時真到了廢寢忘食的地步。

我也是一樣。在下定決心學英語以前,下班後我常常打牌或下棋,一玩就是好幾個小時,玩完了躺在床上腦子又靜不下來,久久不能入睡,假日甚至玩通宵。現在回想起來,不知道虛度了多少寶貴的光陰。

而第二天上班時,由於睡眠不足,所以總是昏昏沈沈的。玩的時候總有人煙一支接著一支地抽,室內煙霧瀰漫,不抽煙的人也不知道吸進了多少二手煙,這樣才是真的「對身體不好」。

這樣只追求玩樂的生活是多麼空虛和無聊!而利用空閒時間學習,能使自己不斷地學到新知識,並激發起更強的求知欲,真的有意義多了。

◆聽寫有益身心健康

　　用聽寫的方法學英語，由於注意力集中，卻又不需要像解數學題目那般絞盡腦汁地去苦思冥思，因此效果其實很像書法和釣魚，對身體有一定的好處。

　　有時緊張忙碌地工作一天後，腦子昏昏沈沈，躺在床上卻翻來覆去睡不著，但是如果睡前能聽寫一段英語，很快就能入睡了。

　　此外，生活上或工作中難免會碰到一些不愉快的事，心中悶悶不樂或忿忿不平，想忘也忘不了，這個時候也可以用聽寫英語的方式，讓注意力集中在英語上，擺脫苦惱。這些，都是有益於身體健康的。

　　沒有奮鬥目標、一天到晚無所事事的人，過一天算一天，覺得日子過得很慢，甚至對生活感到厭倦。相反地，如果一個人有明確的奮鬥目標，時時刻刻都覺得有事要做，就會覺得生活很充實，而且每做完一件事情，都能看到自己的成果，都能享受到勝利的喜悅，對自己和未來一定會充滿信心。

◆ 進步的喜悅

人的一生很像比賽，破記錄往往只是一瞬間的事，但這一瞬間的背後，都積蓄著長期的艱苦奮鬥。

有人覺得我一天到晚都在學英語，生活未免太單調、太枯燥無味了。學英語，尤其如果是自己學，剛開始的時候的確會覺得很單調、很枯燥無味，根本談不上是什麼樂趣或享受。但只要踏踏實實、一步一步地堅持下去，付出一分努力，必然會有一分收穫；多一分收穫，就會多一分用途；多一分用途，就會多一分喜悅。每當感受到這種進步的喜悅時，我的腦海裡就會浮現出當初努力學會這個字、或這一句的情景，然後心想：「努力終於得到回報了！」

我從完全聽不懂英語，進步到透過聽寫可以聽懂，再進步到只聽不寫也能聽懂，然後一邊工作一邊聽也聽得懂，接著我漸漸地不需要把英語在腦子裡轉換成中文，而能直接從英語聽懂，繼而我各種節目都聽得懂，最後可以與外國人自由交談，甚至有能力擔任口譯……，我每前進一步都有一分新的喜悅，這分喜悅是任何物質享受都難以比擬的。

　　如果說在一開始的階段，苦悶地聽寫是你為英語所作的付出與犧牲，是一種負擔和苦惱，那麼，當你開始掌握英語，並在工作和日常生活當中開始使用英語，那就是英語對你的付出與貢獻，是一種樂趣和享受了。

　　英語為你打開了一個探索世界的新窗口，你的心裡會有喜悅，也有感動：過去的辛勞都沒有白費，都有了回報。凡是覺得學習英語有樂趣的人，都曾努力過、刻苦過，也苦惱過。

❀ 應用的樂趣

　　英語的應用能力與熟練程度成正比。如果閱讀英文的能力和閱讀中文一樣，你就能及時地、準確地了解國外的動態；如果英語的聽說能力和中文的聽說能力一樣，你所得到的資訊絕非翻譯過的資訊所能比擬的。

　　開始能與外國人自由交談以後，我再也不是那個看到外國人只會本能地後退的「英語啞巴」了。

　　後來我去過十幾個國家，用英語與美國人、英國人和加拿大人交談自不待說，就是去德國、法國、荷

蘭、日本、比利時、瑞士等國，也是通行無阻，可以
用英語順利地與當地人交流。

那時我的心裡有一種奇妙的感覺：「世界似乎越
來越小了，雖然文化不同、種族不同，但是人與人之
間的距離越來越近了！」我對於「世界一家」的含
義，也有了更深一層的體會。

熟悉英語以後，可以輕鬆地聽懂英語新聞，可以
自由自在地在國際網站上漫遊。不但能隨時知道最新
的新聞與資訊，更能了解千里之外的歐洲、美洲和非
洲等地的現況、歷史及風土人情。當然，如果你要出
國旅遊、遊學或留學，更能實地使用英語，享受學習
英語的豐碩果實。

❀ 教學的樂趣

學習英語有了心得以後，我開始教別人用我歸結
出來的「聽寫法」學英語，並曾在各地演講上千次。

每當看到有人因此英語程度大幅進步，總是由衷
地為他們感到高興。學生的成就，就像是我個人知識
的擴展與生命的延續。

五 英語之外的收穫

學會了英語，收穫當然首先來自於英語的使用。

掌握了英語，就是掌握了走向世界的鑰匙。你彷彿多了一雙眼睛和一副耳朵，可以直接吸收國外的新知識和新技術，視野、能力都會達到一個新的境界。

但是，學英語還會帶給你英語之外的收穫，例如：

❀ 增加自信

我 45 歲開始發憤學英語時，遇到很多困難。當時，我的面前有兩種可能：不是我打敗困難、學會英語，就是困難打敗我、逼我放棄英語。

別人往往會說：「年紀這麼大了，要學會可沒那麼容易。」因此一開始我也並不是很有信心，只是抱著試試看的態度去學。但是也因為我承認困難的存在，因此不求速成、紮紮實實地學，學到某一天，我突然驚覺自己也「精通」英語了！英語程度進步之快，連我自己都感到不可思議。

當初我只希望和外國同業開會時，能聽懂英語講

解，完全沒有想過要當翻譯。後來發現自己也有能力擔任翻譯，眞是帶給了我無比的自信心。

❀ 鍛鍊毅力

學習英語碰到困難時，要不斷克服自己追求速成的念頭和懈怠懶惰的習性，因而也鍛鍊了毅力。

正是因爲了有這樣的信心與毅力，我才能在 52 歲時學會電腦、精通電腦，在 56 歲時研究出記憶的祕密，寫出多本與英語學習、電腦和開發記憶力有關的著作。

如果當時下的功夫不夠，沒有學會英語，後果將是不堪設想的：不會英語，和世界的先進科技脫節，跟不上快速發展的國際形勢。更可怕的是，從此會產生「老了、記憶力減退了、新知識學不會了」的消極想法。一旦這種悲觀的思想形成，人就會停止學習、停止進步，我也不可能有學電腦、研究記憶和寫作方面的成就。

❀ 提升能力

整理英語學習方法與成書的過程，我的總結、歸

納、寫作和表達能力也間接有了大幅的提升。而我在發表了上千場的演講後，演講能力也有了十足的進步。

Chapter 2

你也能
學好英語！

**Methods for
Learning English**

◉學英語 給你好方法

 # 為什麼要學英語？

是否了解英語的用途，關係著學習英語的決心。

如果認為：「我又不出國，怎麼會用得到英語？」或是：「中文資料都看不完，哪裡還有時間看英文資料？」就不可能重視英語學習。

學生有了這種想法，就不會有學好英語的態度，而只是勉強應付，以通過考試為目標，試考完了，英語學習也跟著結束了；上班族有了這種想法，就不會有學好英語的決心，碰到一點困難、工作忙碌一點，就放棄了。

如果能正確認識英語的用途，就會下定決心學好英語。

✿ 對外交流需要英語

隨著世界全球化的發展，國際間的交流越來越密切，國人出國、外國人來台灣的情況更是越來越頻繁。與外國人進行交流時，使用的最多的便是英語。

在這種情勢的推動下，全球各行各業的人們都在以積極的態度學習英語：旅館服務生在學、計程車司

機在學、商店老闆也在學。

國人出國的次數與機會有增無減，能自己掌控行程與時間、享受更多自由與愜意的自助旅行更是蔚為風潮，想在出國時不迷路、打點好最基本的食衣住行、進一步與當地居民深入交談，甚至遇到問題時妥善解決，都需要一定的英語實力。

✻ 不出國也需要英語

即使你不出國，也一樣需要英語。

1997 年，世界經濟論壇會議已清楚說明：隨著網路、通訊全球化的快速發展，世界已成為一個資訊社會和網絡世界，地球顯得越來越小，國內和國外的界限也漸漸模糊。

在某個程度上，國內就是國外。隨著網際網路和多媒體（文字、聲音和圖像）科技的出現，各種虛擬（virtual）事物層出不窮。只要有一台電腦和相關的軟體，上網上**虛擬大學**（virtual university），不用出國就可以上國外的大學，獲得學位；上網進行**虛擬旅遊**（virtual tourism），足不出戶就可以周遊世界。

日常生活中，學生找資料要上網，公司行號觀察

國際市場、與國外廠商接洽也要上網。網際網路,已
經跟我們的生活密不可分。

　　所有這一切都離不開英語,因為國際網路上
90％以上的資訊都是英文。網際網路上各種資訊名
目繁多、五花八門,網頁配置也錯綜複雜、猶如迷
宮。面對不斷變化的電腦螢幕,怎麼進入、怎麼一步
一步進行下去,都要在動態搜索的過程中立刻做出判
斷。

　　很顯然地,要做到這一點,沒有足夠的英語實力
是不行的。英語程度不足的人使用國際網路,在紛繁
的英語資訊面前,還得邊查字典邊分析句子的意義,
時間花了很多,得到的資訊卻沒有多少。效率極差,
枉費了網際網路有那麼豐富的資訊和飛快的傳送速
度。

✿ 非高科技人員也需要英語

　　很多人以為,只有從事高科技的人,才需要接觸
英文資訊,在國內從事一般科技工作的人,就不需要
接觸英文。這是一個很錯誤的觀念。

　　任何從事非尖端科技工作的人,**想要在自己的專**

業方面有所進步，就得會英語，以便及時了解國外的動態，並吸取國外的經驗。就拿各種科學研究工作必然要碰到技術系統和應用標準來說吧，由於在這一方面我們的確發展較慢，不可能透過一次又一次的實驗逐項確定系統和標準，因此多是套用國外行之有年的系統和標準，再根據已有的經驗稍加修改，在國內推行。

國外制定這些系統和標準時，都經過一定的過程。每種系統、每項標準，甚至每一個專業術語背後，都有豐富生動的背景資料。

我們在套用這些系統、標準和術語時，往往是舊的還沒吸收，新的又來了，哪裡還來得及把有關的背景資料也一併翻譯過來呢？所以要想真正搞清楚每一種系統、標準和術語的來龍去脈，只有去看那些沒有翻譯成中文的外文背景材料，除此以外，沒有其他途徑。

在實施這些從國外引進的系統和標準時，一定會碰到各種問題。此時就更需要參考其英文資料，看看外國人是不是也曾碰到類似的問題、有沒有解決的方法等。

制定這些系統和標準的人，也是普通人，工作中也會有疏忽和差錯；隨著科技的發展，系統與標準也需要隨之更新。所以我們在推行這些引進的系統與標準時，尤其是**在碰到問題而對其準確性產生懷疑時，最好是詳細閱讀相關的外文資料**，看看它們是不是本來就有錯誤。

身為工程師，我在工作中曾多次碰到類似的問題，無一不是在詳細閱讀其英文資料後，將其稍加改造，使其適合國內的狀況，才得到圓滿解決的。

後來，我有機會詢問那些系統和標準的制定者，並告之我們改造的情況，他們都承認原系統或標準有誤，也說我們改得對、改得好，對他們來說，也是一種啓發。所有這一切，沒有英語，根本就辦不到。

❀ 不從事科學研究也需要英語

也許有人又會說，只有從事科學研究的人需要英語，從事一般性工作（例如施工和維護等）就不需要英語。這也是一個很錯誤的觀念。

正如前面所說的，國內一般工程技術的系統、標準和術語等等，幾乎皆由國外引進。一般而言，我們

在施工和維護中所碰到的問題，尤其是技術問題，外國人大多也曾碰過、解決過，並且會發表於相關的科學期刊。

很多從來不碰外文資料的人，以為期刊裡的文章只會和科學研究有關，不會有和施工維護相關的資料。其實不然，我從事一般的通信工程設計和施工近30年，每當工作時碰到難題，都能在國外的期刊中找到答案。

但是，這些問題的答案往往散落在浩瀚的外文文獻裡，想在需要的時候能找到它們，要靠平時的積累。也就是說，平時就要注意、閱讀相關的書籍、期刊，這樣碰到問題時，才知道該去哪裡找答案。

國內的科技界和翻譯界，往往把注意力集中在尖端科技上，國外稍有新進展，馬上就有中文翻譯出來，讓不懂外文的人透過中文資料獲得資訊。但是一般科技的英語書籍或期刊，情況就不同了。對一般科技的歷史情況和近期進展感興趣的人不多，因此沒有人將之蒐集、整理、翻譯成中文。

這種情況對於那些從事一般性技術工作卻又不懂英語的人來說，是一個不幸，彷彿他們面前的路上，

有一大堆未知數與空白，使他們無法深入理解和掌握相關技術。他們只能望「洋」興嘆，可望不可及。

但是對於精通英語的人來說，這種情況卻可能是一個發揮自己聰明才智的大好機會。**看了外文資料，搞通了來龍去脈，你就可能比別人懂得多**，而且很可能是國內為數不多的、真正清楚其中道理的人之一。

別人解決不了的問題你能解決，別人不明白的問題你能說明白，別人預見不到的問題你能預見到。那些從來不看外文書籍、期刊的同行，會以為你能力和智力過人。如果能在弄清楚的同時，結合國內的情況加以改造，還算是一種發明創造呢。

從事一般技術工作的人，一定要有這樣的認識：在一般技術性工作中，英語的用途也很廣。

因為我們在引進國外設備時，往往是設備做出來以後，還來不及檢討，就去引進新的設備了，根本沒時間替施工和維護人員預備完整甚至是基本的相關資料。有問題想要搞懂時，或是對中文資料的內容產生懷疑、需要澄清時，或是發現某些規定和做法不對或不完善、需要修改時，幾乎無例外地都需要求助於外交資料。

有時甚至需要從最原始的文章看起，相關的文章逐年逐年地看，才能搞清楚問題的來龍去脈，糾正錯誤觀念或錯誤標準。這樣看來，在非尖端科技領域裡，發揮英語作用的餘地不是比尖端科技領域更大一些嗎？

我在長達 20 多年的通信工程設計和施工中，堅持**將工作中遇到的問題和英語的學習與應用結合在一起**。我也因此深深體會到，對於從事一般性技術工作的人來說，如果想做一個明理的人，而不是人云亦云、以訛傳訛的人，就要參考英文書刊；如果想在自己工作上有所進步和創造，也要參考英文資料。

經常閱讀和工作相關的英文資料，就比不閱讀英文資料的人多了一雙眼睛、多了一副耳朵，就能借鑑國外的經驗、事半功倍。如果拒絕或無法閱讀英文資料，對於問題的理解就比較膚淺，可能還會花很多功夫去解決別人已經解決過、並已發表過文章的問題，結果事倍功半，甚至還走錯路。

◆只透過中文吸取新知的缺點

也許有人會反駁，我們不是也可以透過閱讀中文

資料達到以上目的嗎？事實上，科技人員透過中文資料了解國際動態，會有以下三個缺點：

❖ 不及時

國際科技日新月異，等到翻譯成中文時，已經不是最新動態了。

❖ 中文表達的準確度有限

既然是最新動態，想當然耳都是新的觀念和進展，就連從事科技的專業人員也要動一番腦筋才能理解，因此，不諳科技專業的譯者，翻譯出來的文字準確度有限，尤其是新出現的科技，往往沒有現成的中文譯名，不同的譯者可能會有不同的詮釋。

對於專業的科技人員來說，若想清楚了解該新科技的意義，最好是參考原文資料。

❖ 你需要的內容可能根本沒有人翻譯

世界科技發展迅速，門類繁多，相關文獻猶如汪洋大海，但是往往只有大多數人感興趣的、屬於發展前線的科技會被翻譯出來，而你所需要的外文資料，很可能就沒有人去蒐集，

更談不上譯成中文了。

有人會說：「中文資料都看不完了，哪裡還有時間去看英文資料？」這種看法是很片面的。有這種看法的人，大多是因為英語程度不足，始終停留在痛苦的「學習」階段，沒有進步到愉快的「應用」階段，從未嚐過懂得英語的甜頭，所以才說英語沒有什麼用。

如果真有人是透過閱讀中文翻譯資料而有所啓發和收穫的話，那麼，請你記住：這些中文資料必定是由負責任、既懂英語又懂專業的譯者翻譯出來的。

身為一個具有大學以上學歷的專業科技人員，你何不成為這樣的專業譯者，去為那些沒有機會學英語的人提供更準確的中文資料呢？隔行如隔山，不懂專業的譯者，是很難把英文的科技文章翻譯得非常準確。你也可以幫這些譯者把文章翻譯得更準確，但是如此一來，你也必須具有相當的英語程度，一個拿著字典才能看書的人是無法勝任的。

幫助不懂專業科技的翻譯人員，把英文資料準確地翻譯成中文，是每一個高學歷的科技人員不可推卸

的責任。

也許有人會說：「我不會英語，工作也做得很好啊！」是的，許多不會英語的人，工作做得的確很出色。但可以肯定的是，如果他們會英語，工作一定會做得更出色。

如果能將自己的工作與英語的學習與使用結合在一起，不但能提升英語實力，也能使工作成果更為傑出。「機遇偏愛有準備的頭腦」，一旦有了涉外業務，如出國、與國外同業或客戶接洽時，你就有機會好好表現一番。

❀ 讓本國文化走向世界需要英語

由於國外的科技大多比我們先進，為了更稱職地做好自己的工作，國內從事科技工作的專業人員，的確需要足夠的英語實力。

如果你所從事的工作是我們所特有的國粹，像是中醫、中藥、中國文學、電腦軟體中文化等，那還需不需要英語呢？答案是肯定的。**為了讓這些獨特的本國文化走向世界，並與其他國家的同行進行學術交流，英語絕對是不可或缺的。**

要知道，在世界變得越來越小的今天，幾乎沒有一門學科是只有我們在研究的。在世界的某一處，你一定能找到同行，而且他們往往會有更不一樣或更先進的研究方法，在某一方面還可能研究得比我們更深入，所以與他們進行學術交流、互相切磋，是絕對必要的。

　　透過一般譯者把自己的文化引薦到國外，要比把一般科技資訊引進國內困難多了。因為其中文往往沒有相對應的英文，因此翻譯得好不好、貼不貼切，譯者本身難以確認，只有通曉其內容並具有一定英語程度的專業人士，才能評定。如果說這個任務只有既懂國粹又懂英語的人才能勝任，一點都不誇張。

　　有一位熱愛中醫、在中醫領域頗有成就的醫生，出席國際學術會議時，便因英語程度不足，而無法向國外同行介紹國內中醫學術研究的成果，他因此感到非常尷尬和內疚。尷尬，是因為沒有能力與外國人交流；內疚，是因為自己沒有盡到發揚國粹的責任。回國後，他便下定決心努力學英語。

　　隨著整個世界的網絡化和資訊化，本國文化走向世界的步伐也會不斷加快，對於國粹專業人士的英語

要求，也會越來越高。

❀ 不鬧笑話需要英語

英語程度不夠高，常常會鬧出笑話。例如：

1. 某個專爲觀光科系學生成立的實習旅館，門口大銅牌上的店名把 PROFESSION 寫成 PROFFESSION，多了一個 F。全樓數十個廁所門口的 TOILET 都寫成 TOIL ET，旁邊的商店還把 AUDIBLE 寫成 AUDI BLE。

2. 某家發行量達數百萬份的報紙，報導 1999 年 3 月初在埃及一座有 4,000 多年歷史的金字塔進行的考古工作時，有以下一段話：「該金字塔內的墓室看來尚未完工，在一個製作粗糙的石棺周圍散落著橡皮。」

  橡皮？難道 4,000 多年以前的人就已經會製造橡皮了嗎？其實文中「橡皮」一詞的英語原文爲 **rubble**，意爲「**碎磚、破瓦**」，但譯者卻把它當作 rubber 了。

3. 一份印刷精美的月曆，卻把 April（四月）印成 Apirl；把每個星期三的縮寫 Wed 印成 Wet。

4. 有時這種錯誤還會出現在高等學府。某個大學就把 SCIENCE HALL（科學會議廳）寫成 SCIENEC HALL。

5. 有時甚至在不應該出錯的嚴肅場合也會出現錯誤。1993 年北京申辦 2000 年奧運期間，市內英語標語林立，我就看到兩處標語拼錯了：一處把 a bid for 拼成 a bib for，另一處拼成 abid for。

6. 我在國外坐公車時，曾經遇到一個大陸來的中國人，他看到車上寫著 smoke-free，就大模大樣地點起煙來抽。別的乘客上前制止，他卻理直氣壯地指著 smoke-free 的牌子，說：「It is free to smoke！」

　　真是大錯特錯！車上寫 **smoke-free** 表示是「**禁煙車**」，代表禁止吸煙，他卻理解成「可以自由抽煙」。

雖然人總會出錯，但是這些現象也顯示了英語程度不足的事實。因為它們不是小學生隨手寫在黑板上的錯別字，卻是經過草稿（我相信，一般狀況下這些草稿都是對的）、製作和驗收等多道環節而製成的成品。或許製作者的英語程度較低，但是只要驗收者有一定的英語程度，還是可以及時發現並改正的。只有提升全民的素質與實力，才能從根本上解決這類問題的發生和擴散。

在國際交流日益頻繁的今日，每個人接觸英語的機會只會有增無減，英語沒學好，也會鬧笑話。

❀ 不會無所謂？會就有所為！

很多人會覺得，身邊大多數人的英語程度反正都和自己差不多，也顯示不出自己的英語程度不好，因此認為：「不會英語，也無所謂。」

這種看法是不正確的。正是因為身邊的人不會英語，所以如果你有一定的英語實力，就一定會有用武之地。能者多勞，你越使用英語，程度就越會有所提升，你也會越來越感覺到：「會英語，就有所為！」

努力學習，影響他人

　　我接觸過很多與子女一起學英語的父母。他們的行動事實上就是無聲的掌聲、是孩子最大的鼓勵，效果勝過任何苦口婆心的勸說。

　　任何一個人，只要刻苦努力學習，不只會對家人產生正面的影響，連身邊的同學或同事，也會因為感受到其認真的態度而被影響。

 ## 你也能學會英語！

掌握主觀條件

　　為了徹底消除僥倖取勝的心理，鼓勵讀者努力學習，我在前面的章節如實地敘述了自己學會英語的艱苦歷程。讀者不妨把自己學習英語的主觀條件與客觀環境和筆者比較一番。

　　每個人的主觀條件和客觀環境都不一樣：智商有高有低，毅力有強有弱，工作有忙有閒，客觀條件有好有壞……，沒有兩個人的主客觀條件是完全相同

的。

　也許有的讀者會認為自己「不夠聰明」、「沒有毅力」、「學習環境差」、「學校師資差」、「身邊沒有外國人」或「沒有那麼多時間」等，因此認定自己難以學會英語。尤其是初次學習就失敗的人，更會認為：「英語實在太難學了！」

　每個人的智商和毅力都有差異，所處的學習環境也不同。但是，這些差異不應該成為是否能學會英語的決定性因素。這些因素有的是先天的，有的是外在的，不是學習者本身能左右的。**讀者應該把注意力放在主觀的心態上，因為只有主觀努力的主動權是掌握在自己手裡的。**

　對於那些想學英語，但又下不了決心和缺乏信心的人，我常用以下的說法鼓勵他們：「如果你很謙虛，覺得自己不如我聰明，現在的英語程度也比不上我剛起步的時候，那麼既然覺得不如我聰明，但是如果又不比我努力，怎麼可能學得會英語呢？」

　有些人態度非常積極，他們將自己的主客觀條件與筆者比較後，得出這樣的結論：「鍾道隆45歲才開始發憤苦學，也能學會英語，我只有15歲（或是

25 歲、35 歲），再加上有他整理出的學習方法，只要能像他那樣努力，我也一定能學會！」他們因此對學英語燃起極大的熱情，並使整個學習過程成為一個越學越愛學的良性循環。

✿ 不夠聰明？不是理由！

　　學習英語要靠記憶，記憶的載體是腦神經細胞。傳統的神經解剖學認為，人腦大約有 140 億個神經細胞，但新的研究結果顯示，大腦約有 10,000 億個神經細胞，其中至少有 1,000 億個神經細胞是互相連接的。不論正確的數字到底是哪一個，都在在顯示了腦子的潛在記憶能力是很大很大的。

　　但是人的一生往往只使用了幾億個（或十幾億個）腦神經細胞，其他 130 億個（或 990 億個）腦神經細胞，則是與生同來、與死同去。正因為這樣，不少科學家認為人腦的結構和功能，是所有我們所認識的物體中，目前為止最複雜的。它本身就好像是一個小宇宙，可以不斷地開發，而且永無止境。

　　美國麻省理工學院的一位教授說過：「如果你一生都努力好學，那麼一輩子下來累積在你腦子裡的知

識，將相當於美國國家圖書館藏書的 50 倍。」也就是說，人的腦子裡可以容納五億多本書的知識。

雖然目前生物學家已經能夠從次分子的層次研究人腦的作用，使過去十年的研究成果比過去幾千年還要多，但是人腦的許多功能問題仍然是不解之謎。

美國新墨西哥州有一個叫做梅茨的小男孩，三歲以前生長發育都很正常，四歲時卻開始產生癲癇的症狀，嚴重時每三分鐘就會發作一次，因此不得不開刀切除左半邊的腦。他被切去了一半的大腦皮層，但是五年多以來，他還是像其他孩子一樣去上學，而且各方面的表現都很正常。

根據傳統的看法，左腦主管音樂、詩歌和數學方面的能力，那麼左半腦已經被切除的他，在音樂和數學方面的能力應該會比較差。但是，實際上他在這兩方面都很正常，他喜歡上鋼琴課，而且數學成績優良。（詳見 1995, *National Geographic*, Vol.187, Quiet Miracles of the Brain）

左右腦分工合作的傳統見解是完全無法解釋這一切的。看來左右腦之間的確存在著某種我們所不了解

的訊息傳輸方式，使得**人腦具有極大的可塑性**，後天的刺激（如學習）可以改變腦神經細胞之間的連接關係，可以使某一部分的腦細胞得到充分的發展。

由此可見，大腦具有無窮的潛力，因此不要輕易地把學不會英語的原因簡單地歸結為「不夠聰明」。每次我聽到有人以「不夠聰明」當成英語學習成績不理想的理由時，我便會說：「不夠聰明的人才適合學英語！」

如果說學習數學、物理、化學需要嚴密的推理能力，不斷地問為什麼的探索精神，以及靈活運用的精明巧思，那麼，對於大部分以英語為工具的人來說，學英語，只要知道「是什麼」就可以了。你不需要任何的推理過程或邏輯思考，只要把書本上的內容都學會了，就可以達到基本的目標。

世界上萬物都有差別，人腦也是先天就有差別的。有些人的確生下來就是聰敏過人，也有些人生下來就是智力較差。但是，這兩種趨近極端的人只佔少數，大多數的人，都是處於中等程度。

積極一點的做法是，我們不妨認為自己屬於「中等程度」。既然先天已不如別人，後天還不趕快努

力？如果那些智力過人的人要學一小時，你就學兩小時。你要付出比他們更多的努力，以彌補自己先天的不足。記得嗎？人腦具有無窮可開發的潛力。你的努力是在爭取多開發一些大腦的潛力，這樣，你也可以在實際的表現上超越別人。只要抱持這樣的積極態度，你就一定會有所收穫，取得非凡的成就。

再者，我所說的「學會英語」，並不要求你成為英語博士，我只要求學會已經寫在書上或已經錄在CD上的內容。英語教材俯拾皆是，內容都準備好了，你只要照著學、跟著說，一定學得會的。對於那些缺乏信心的人，我經常這麼說：「你不可能笨到連別人已經寫好的內容都學不會。」

❀ 沒有毅力？不是理由！

有些人認為英語學習成果不好，是因為沒有毅力。這種看法是非常不正確的，甚至可以說是本末倒置的。因為，**毅力不是天生的，而是在不斷克服困難的過程中鍛鍊出來的。**

◆在克服困難的過程中鍛鍊毅力

　　學英語是一個艱苦的動腦過程。從不會到會，從不知道到知道，期間要學習的知識很多，碰到的困難也會很多。

　　面對這些困難，你可以有兩種截然不同的態度。

　　一是用**積極**的態度，承認困難、分析困難，憑著鍥而不捨的努力，一個一個地克服困難，一步一步地提升英語程度。隨著困難的克服和程度的提升，信心和毅力也會跟著增加。

　　另一種是用**消極**的態度，不承認困難、不分析困難，不準備長期努力，只憑一時興起，想短時間內就解決問題。這樣做的結果必然是欲速則不達，英語程度無法提升，學習信心日益減弱，心情也越來越煩躁，那裡還談得上什麼毅力？

　　我對這一點有非常深刻的體會。我剛開始練習聽寫時，一分鐘的內容要花一個小時才能聽懂，困難重重、進步極少，不時冒出打退堂鼓的念頭。於是，我為自己做了一個座右銘，上面寫著「堅持就是勝利」，放在書桌上，好時時刻刻提醒自己。每當挫折

　　沮喪，想就此放棄的時候，只要一看到它，就會重新鼓起學習的熱情和信心。

　　學習的毅力不應該隨著客觀環境改變。需要英語時，如考試、接待交換學生、與外國同業或客戶開會時，你或許會想，要是自己英語程度好，能聽、能說該有多好！你可能因此突然燃起起學習英語的熱情，一下子投入很多時間與心力，每天花上好幾個小時念英文。但是，努力一段時間後，碰到了一些困難，或是試考完了、交換學生回去了、會期結束了，對英語的需求已經不像先前那般急切，學習的熱情也隨之降溫。直到下一次，外界的刺激再度出現時，才又產生學習英語的念頭，然後又重覆一次這樣的過程。這種壞習慣，是無法讓你學好英語的。

　　書到用時方恨少，平時就應該要為用時著想，不要用時又後悔平時沒有學。你要積極準備，而非消極等待。只要抓緊時間學習，持之以恆，什麼時候開始學，都是來得及的，即使人到中年，也一定可以學會英語。

　　沒有毅力不是學不好英語的理由。我鼓勵那些自認沒有毅力、缺乏信心的人這麼想：「沒有毅力，就

學英語！**把學英語當成培養毅力、磨練毅力的好機會。不但學會英語，更培養出毅力！**」

◆訂定學習目標和學習計畫

做任何事情，若是沒有明確的目標和一定的壓力，都不可能做得好，學英語也不例外。有了明確的目標，才有明確的前進方向，也才會知道自己的不足，杜絕驕傲自滿和停滯不前。而隨著與目標之間的差距日益縮小，也會感覺到自己的進步，激勵自己繼續努力。

訂定長短期目標和學習計畫，非常有助於培養毅力。長期目標可以訂得粗略一些，例如：用三到五年的時間，達到能聽能說的程度。短期目標要訂得具體一點，例如：一年內聽懂慢速英語。學習計畫則必須非常詳細具體，例如每天念幾個小時、聽寫多少頁等。

在訂定長期、短期目標時，要審慎衡量，寧可把目標訂得低一些，切忌好高騖遠，把目標放得太高，最後因達不到目標而徒然受挫。但是在訂定具體的學習計畫，應該盡量提高要求，並強迫自己一一做到。

　　沒有經驗的學習者，可能會定出不符合實際情況的計畫。這樣沒有關係，只要在學習過程中及時檢討和修正即可。一般人容易犯的毛病是把長期和短期計畫訂得很高，而實施計畫卻訂得非常不具體。這樣，目標當然難以達成。

　　有了目標和計畫，學習就會有方向、有動機，忙的時候不會顧此失彼，閒的時候不會無所事事。

　　最重要的是，訂定目標和計畫以後，一定要確確實實地去進行。目標，是透過一天一天的努力，一步一步地實現的。因此，一定要督促自己，每天都要完成當天的學習計畫。如果哪一天因故沒有念完當天的份，就要當成是一次「警告」，事後加倍補上。不少人就因爲某一天有一點「特殊情況」而沒有完成當天的計畫，從此就慢慢放鬆對自己的要求，最後半途而廢。

　　「有志者立長志，無志者常立志。」我們應該做一個「立長志」的有志者，而不要做一個「常立志」的無志者。

◆樂在其中，才能持之以恆

英語持續學了很久的人，對於用過的紙、筆、錄音機、字典，都會有很深厚的感情。只要一看到這些東西，就想開始念英文，手指頭一碰到錄音機的按鍵，精神就會振作起來。**學英語，已經成為自己一種樂趣和追求，欲罷不能，哪裡還需要毅力去支撐呢**？

我遇過一位自認英語永遠都學不好的科技工作者。他總是把英語學不好的原因歸咎於「沒有毅力」和「不夠聰明」。可是他在玩撲克牌上所表現出來的毅力和智商，可是超乎常人的。

一放假，他就通宵達旦地玩牌。他說：「只要一坐上牌桌，也不知道哪裡來的勁兒，一玩就可以玩上一整天，而且都不覺得累。」

這是何等的毅力呀！一般人做得到嗎？可是為什麼他要學英文時就沒有毅力呢？難道毅力還有分類嗎？

他在玩牌時表現出來的智力也是超群的。再新的撲克牌，他只要玩一把，就能知道重要的牌在誰手裡。我後來才知道，那是他在牌上做記號

2 你也能學好英語！

的結果。新牌第一次玩的時候，他會趁別人不注意時，把重要的牌背面稍微弄髒，第二次發牌時，他就知道關鍵牌在誰手裡了。

由此可見，他在玩牌上動了多少腦筋呀！一個人只要對要做的事情有濃厚的興趣，就會毅力大增、樂此不疲，激發出自己都未曾預期過的聰明才智。不但能展現出優良的成果，更可能超越常人的水準。當然，讀者都知道我舉這個例子的用意：不要把聰明才智浪費在消磨時日的消遣娛樂上，而應該用在學習和工作上。

❋ 學習環境差？不是理由！

英語環境對於學習英語有一定的影響。也許家裡沒有人講英語，也許學校英文老師的發音不好，也許你沒有機會接觸講英語的外國人，但這些都無法構成「英語學習環境不好」的理由。

在一切都網絡化與資訊化的今日，各種現代化的傳播媒介和視聽設備已經把道道地地的英語帶到了每一個角落，甚至是遠程英語教學網絡（即 e-learning），

更為學習英語創造了前所未有的有利環境。從某個角度來看，「國內就是國外」，「外籍教師」到處都有，就看你願不願意利用。

有些人很想學好英語，卻過分強調困難、埋怨客觀環境不好，而不從自己的主觀意願上找原因。各種不利學習英語的主客觀條件，不可能全落在你身上；各種有利於學習英語的主客觀條件，也不可能全都被別人獨占。

只要認識正確、態度積極、努力以赴，不但能充分發揮有利條件，連不利條件也可以被你轉化為有利條件。

2 你也能學好英語！

　　我輔導過一位已在工作的大學畢業生。在校時她的英語程度中等，開始工作後，她的英語學習環境也不如那些考上研究所的同班同學。但是在認識到英語的重要性之後，她抓緊時間發憤學英語。

　　一年後，我請她來與研究生交換英語學習的心得，每個人都明顯地感受到，比起一年前在校時，她的英語實力已脫胎換骨。

在我看來，只要你有電腦，或是甚至只有 CD player，就已經具備了學好英語的基本客觀條件，過分強調其他因素，沒有任何意義。

❀ 有決心，就會有時間！

時間與決心成正比。只要正確認識到英語的重要性，下定決心非學會英語不可，就一定能找到時間學。反之，覺得英語可會可不會，即使在別人看來很有時間學英語的人，也會覺得自己沒有時間學英語。

我曾經受一家公司委託，為其工程人員訓練英語聽力。

當時我們每星期上課兩個晚上，每次兩個小時。很顯然，一星期只花四個小時練習聽力，是絕對不夠的。每次下課前，我總是要求他們，課後要再利用時間自己練習聽寫，每天至少一小時。但是，大部分的人都做不到，理由是：「工作忙碌，家務事多，沒有時間。」我也不好意思說什麼，畢竟學不學是他們自己的事。

過年放假前，我對他們說：「今年過年放七

天假，你們能不能抽出三、四天的時間念英文？」可是過完年上課時，我發現他們的聽力不但沒有進步，甚至還退步了。不少人上課時，還昏昏欲睡。原來他們許多人都利用長假去玩了，更別說花時間念英文了。

有人開玩笑說：「不趁年輕的時候玩，以後會後悔喔！」

我也開玩笑地說：「爲什麼不這麼想：『不趁年輕的時候把握時間學習，以後才會後悔呢！』」

無論是在校學生或是上班族，如果你想學好英語，就要把握時間、爭分奪秒地學，因爲機不可失，時不再來。

關於「把握時間」，我們要正確地看待「昨天」、「今天」和「明天」。

有些人在產生學好英語的念頭以後，總是後悔自己「昨天」爲什麼沒有把握時間好好學？因此感慨萬分，心想如果「昨天」有好好學的話，「今天」的英語程度就不會只有這樣了，而可以很順利地閱讀和聽

說英語了。

那「今天」又怎麼樣呢？「今天」的事情太多了，功課太多了，工作太忙了，家務太多了……。「今天」抽不出時間，因此也沒有從「今天」開始努力的決心和緊迫感，只是一心盼望「明天」出現學習英語的大好時機以後，再開始努力。

不容否認，不論是學生或是上班族，課業一定不輕、工作一定不少、家務事也不能不做。但是，「明天」是不是一定就會比「今天」輕鬆呢？不一定。說不定「明天」比「今天」還要忙。

「機不可失，時不再來。」日日拖延的結果，可能一晃眼，一年就過去了。正如你「今天」後悔為什麼「昨天」沒有把握時間，「明天」你也會後悔為什麼「今天」沒有及時努力。千里之行，始於足下。與其不斷地後悔，不如現在就出發，「今天」就開始學，不要等到「明天」再說。

一年 365 天，一天 24 小時，每個人的時間都是這麼多。對於善於利用時間的人來說，工作再忙、家務再多，還是有空隙的。抓住這些空隙，善用時間學英語。**不後悔「昨天」，不虛度「今天」，不坐等「明**

天」，是我們在對待時間問題上應有的態度。

❀ 方法不當、努力不夠才是原因！

很多人三番兩次發憤學英語，卻始終沒有達到目的。最主要的原因，便是**方法不當、努力不夠**。

誰都希望能輕鬆愉快地學會英語。但是英語是外語，從完全不會學到具有一定的「聽、說、讀、寫、譯」能力，是一個日積月累的過程，需要付出很大的努力。「努力」之外，更要注意「技巧」，而這些「技巧」的要領，只有「努力」過的人才能體會和掌握。

不過，你不需要自己努力一遍，才能找到正確的技巧，因為這個過程已由筆者為讀者代勞了！我在本書所介紹的英語學習方法，不但指出學習英語應該「努力」的方向，也整理出學習過程中應該善用的「技巧」。有了正確的學習方法，一定能全面增進英語實力。

❀ 自我鼓勵

我們生活在現實的世界裡，而不是理想的烏托邦裡。當你下定決心做一件事時，旁人不一定都會鼓勵

你，甚至還可能會冷言冷語嘲諷你。如果你意志堅定，就不該理會旁人的言語，就該用言語、用行動鼓勵自己。

學英語也是一樣。一旦你決定要開始學，就要同時開始鼓勵自己，讓自己越學越有熱忱，讓學習過程成為一種良性循環。就我自己的經驗，「留下用過的文具」、「檢視成長的足跡」，都是極佳的自我鼓勵方式。

◆留下用過的文具

我在剛開始的起步階段屢學不會時，腦子裡不時冒出放棄的念頭，但是又很不甘心。「難道我就真的學不會嗎？」

一天，我心情苦悶，獨自在操場散步，邊走邊考慮怎樣才能堅持下去。無意中我踢到一個易開罐，聽著它滾動時發出的聲響，我的腦海裡立刻興起了一個念頭：「把它帶回去當成筆筒，把用完的筆插在筆筒裡，看看我到底要用多少支筆才能學會英語。如果筆筒已經插滿了，我還是沒學會，就不學了。我承認失敗，但這樣我也對得起自己，因為我已經盡力了。」

這個做法對我來說果然是莫大的鼓舞。隨著用完的筆一根一根地插入筆筒，自己的英語程度也一步一步地往上爬升，而我的學習欲望也日益強烈。當筆筒裡插了20支筆時，我已經可以聽懂英語的專業技術講解。不久，我就當了翻譯。

　　基於同樣的理由，我把學習過程中用壞的錄音機和錄音帶也保留起來以鼓勵自己。每當看到這些與我一起度過英語學習的日日夜夜的無聲伴侶時，總是感到無限的欣慰和鼓舞。

◆檢視成長的足跡

　　在學習英語的道路上，有很多種方式可以檢視自己成長的足跡，例如：

1 與過去的經歷比較

　　我剛開始練聽寫時，有一次聽到勞動節前蘇聯在紅場舉行閱兵儀式的新聞，我依聲音拼寫出新聞標題的最後一個字是 prade，但是字典裡沒有這個字。

　　接下來的幾天，我把錄音帶翻來覆去聽了許多遍，卻依然找不到答案，於是決定請教翻譯。

　　我打電話給他，說有一個字我聽不出來，想把錄音帶拿到他辦公室，請他聽聽看是什麼字。

　　他在電話裡對我說：「你先不要過來，把你聽到的句子唸來我聽聽。」

　　我把已經聽寫出來的 **red square**（**紅場**）、**May Day**（**勞動節**）、**tank**（**坦克**）、**artillery**（**大炮**）幾個字逐一唸給他聽，並告訴他最後一個字聽起來應該是 prade，但是字典裡沒有這個字。

　　他聽完立即回答說：「不是 prade，而是 parade，第一個 a 發音很輕。」

　　幾個月以後，我聽到一條新聞，一個黎巴嫩女孩開著一輛滿載炸藥的車，衝向美國海軍陸戰隊在黎巴嫩的兵營，炸死 200 餘名 marine corps。新聞裡所有的字我都正確地寫出來了，就是聽不出一個發音為〔mə`rinko??〕的字。

　　我又打電話給那位翻譯，並把新聞裡其他的字唸給他聽，又說有個發音為〔mə`rinko??〕的字不知道是什麼意思。

　　他在電話裡沒有立刻回答我，而是說：「你把錄

音帶拿來，我聽聽看。」

　　上一次他不聽錄音帶就能回答我的問題，這一次他得聽到錄音帶才能解答我的疑問，顯示了我的程度已有所提升。我感覺到自己半年多來的努力沒有白費，心裡非常高興，很快就到了他的辦公室。

　　他把錄音帶放進錄音機聽了一遍，立刻停下來對我說：「這不是一個字，而是兩個字 **marine corps**，**海軍陸戰隊**。」

　　他同時還告訴我說：「注意，corps 這個字 ps 不發音，如果發出來就要鬧笑話了，就成了 **corpse**（**屍體**）了。」

　　能聽懂慢速英語以後，我仍然採用逐字逐句聽寫的方法學習一般語速的標準英語。等有問題再去請教他時，有的字連他也是聽了許多遍都聽不出來。他毫不吝嗇地肯定我一年多來聽力的進步，並鼓勵我繼續學下去。

2 與過去的筆記或教材比較

　　每一個階段的學習記錄，如練習本、生字本等，都是學習道路上艱苦跋涉的足跡，值得好好地保存，

有空時拿出來看看。這樣做不但可以「溫故知新」，而且可以藉之與自己今天的英語程度做比較。隨著英語程度的提升，一些原來不懂的，現在懂了；以前不認得的字，現在也認得了。可以實際地看到自己的進步，無非莫大的鼓舞。

拿出過去聽過的 CD，看看現在能聽懂多少。隨著時間的推移、程度的提升，聽懂的內容會越來越多。也可以找一本英文書反覆閱讀，不懂的地方做個記號，看看下一次再閱讀時，上一次不會的，這一次會了多少。長期進行，可以隨時看到自己的進步。

3 與過去使用英語的情況比較

不管是學生或上班族，多多少少都會碰到需要使用英語的場合，不管是出國、開會或甚至只是為問路的外國人指路。這些場合不只為你帶來實際運用英語的機會，也提供了衡量自己英語程度有無進步的參考點。

開始認真學英語半年後，我去參加一個中外技術交流研討會，主講人就是我第一次出國訪問時為我們講解的那批人。這一次，我能聽懂他們的講解了。休

息時，我問他們，「是不是因爲到了非英語國家，才故意把講話的速度放慢了？」

他們笑著回答說：「我們一直都用同一個速度講話，是你的聽力進步了，所以才覺得我們講得慢。」

4 與身旁的人比較

與身旁的人比較並不意味著非得一分勝負地競爭較量。就如同比賽，對手的實力是一個可與之比較的參考點，也是激勵自己不斷進步的推動力。這是一種良性的循環與互動。

 ## 他們怎樣學會英語

我並不是唯一個發憤學英語獲得成功的人。有很多人和我一樣，經過艱辛、經過努力，而後在英語學習上獲得豐收、取得成功。接下來我想和讀者分享這些我親身經歷或見證的眞人眞事，希望能對讀者有所啓發和鼓勵。

❀ 自學出師的英語副教授

　　每一個成功學好英語的人，都曾有過一段刻苦奮鬥的過程。有多艱辛、有多努力，只有他們自己知道。人們往往只看到他們現在成果輝煌，忽略了背後艱辛而長期的努力，因而認定這些人之所以會成功，是因為他們天賦異稟。

　　在我任教的學校裡，有一個原來並不是念外文的同事，為了適應國際新形勢，40 多歲開始發憤學英語。他邊學邊走上講台教英語，很快就成為傑出的英語副教授，英文聽、說、讀、寫的能力自然也不在話下。

　　很多人只看到他順利地成為英語副教授，卻不知道他付出了多少努力，因此就認定他有語言天賦，所以一學就學會了。但是事實並非如此，他是付出了一般人沒有付出過的努力才學會的。

　　他把所有的時間都用來學英語。他甚至把屋內所有的房間都裝上喇叭，接上書房的錄音機，好讓他不論走到哪裡，不論在做什麼，都能聽英語、說英語。就是通過這樣超越常人的努力，他的聽說能力才得以

出類拔萃，成爲出色的英語副教授。

❋ 從不及格到全校第一

我的學校裡有一個學生，因爲上了大學，開始鬆懈，再加上對英語的重要性認識不足，因此大一上英語課時總是不專心，成績也不好。因爲成績不好，教授便常常點他問問題。爲了避開教授的目光，他開始坐在最後一排，上完課也不複習，結果期末考試不及格。

但是他並不著急，反而認爲不及格是理所當然的，因爲他覺得自己畢業自普通中學，英語基礎本來就沒打好；而且家裡務農，從小就沒有英語環境。總之一句話，他把英語不好的原因，全歸咎於客觀因素。

後來他開始認識到英語的重要性，了解到英語是現代知識分子必備的知識與工具。從此他一反過去的態度與做法，不但上課時坐在第一排專心聽課，課後更認眞複習。

一年下來，他在英語考試中成績優異，更在全校排名第一。他的照片醒目地貼在學校大樓的走廊牆壁

上，成為全校同學學習的榜樣。每當請他分享心得時，他總是說：「皇天不負苦心人。」

如果當初他沒有克服那些消極的想法，沒有改變自己主觀的態度，很可能就此放棄英語，更談不上能獲得今日的成績。每一個人都一樣，**英語沒有學好，應該從自己的主觀態度尋找原因。**

❀ 62 歲老人不輸年輕大學生

我有一個 62 歲的學生，年輕時留學俄國，但是從來沒有正規地學過英語，只是工作之餘斷斷續續地學過一些。他能夠閱讀專業的書面資料，但是聽力非常差。

他和其他的大學畢業生、研究生一起跟著我學英語時，並不因為自己年紀大而放鬆要求，相反地，他腳踏實地地嚴格按照我要求的方式，一個字一個字、一句話一句話地練習聽寫，並且把這種學習態度應用到閱讀和翻譯上，對於文章內的每一個字、每一句話，都力求透徹理解，而不是勉強推斷或靠專業知識猜測。一年下來，他的聽力和閱讀能力都明顯地進步了，而且還勝過班上其他的年輕同學。

✿ 連闖三關

　　一個大二的學生，聽了我介紹的英語學習聽寫法以後，下定決心用這個方法練習聽寫英語錄音帶。

　　他一個一個地克服了聽力上的困境，一個月聽完了八捲錄音帶。

　　學得紮實，為他帶來優異的考試成績：當年6月中的學校第一階段英語評鑑考試獲得92分（滿分100分），同年12月的考試獲得88分，隔年2月的托福考試獲得663分（滿分677分），相當於現在電腦測驗的290分（滿分300分）。

　　另一位與他同班的女同學，當時正擔心不能通過第一階段的考試。聽了我的演講後，她決定用我介紹的英語學習法準備考試。

　　雖然考試迫在眉睫，但她沈住了氣，沒有把功夫花在提升應試技巧上，而是爭分奪秒，把握一切可以利用的時間踏踏實實、逐字逐句地學。兩個月後的考試，她獲得74.5分的成績。雖然這不是一個很好的成績，但對她來說卻得來不易。

　　考試及格的同時，她掌握了正確的英語學習方

2 你也能學好英語！

法，為以後的英語學習開啓了成功的大門。

考試後的暑假，她沒有去玩、去旅遊，而是把握放假的時間，準備第二階段的考試與托福考試。

開學後，她繼續把握時間學習，同年 12 月的第二階段考試得了 79.5 分。這個分數雖然不高，但畢竟第二階段比第一階段難，一些第一階段考試成績與她不相上下的同學在第二階段考試只考了 40 幾分。

考完第二階段考試，就接著準備考托福。過年期間她沒有回家，而留在學校裡靜心學英語。她一捲一捲地聽寫了 22 捲的托福模擬錄音帶，最後考出了 637 分的好成績（相當於托福電腦化測驗 270 分）。

❀ 還有還有……

有一個 20 多歲的大學畢業生，開始工作後深深感受到英語的重要性。他想進一步學習，但是又缺乏信心。

後來他把自己的情況與筆者的情況做了一番比較，然後對我說：「你 45 歲時下定決心學英語，用了一年多的時間就達到了目的。就假設我沒有你聰明、比你笨，但難道就笨到用 20 年也學不會嗎？我

不相信。所以只要我現在下定決心學，20年以後，不也就能有你現在的程度嗎？這樣一想，我的信心就大增了。」

從此以後，他腳踏實地用聽寫法認真學習，對照錄音帶逐字逐句校正發音，一年後不但閱讀能力大為提升，聽說能力也大幅進步，而且可以即席發表演講。

有一個電機系的大學生，採用聽寫法逐字逐句地念了一年的慢速英語後，在大專院校英語演講比賽中名列前茅，擔任評審的外籍教授還以為他受過專門的會話訓練。隨後他又在英語工作者演講大賽中獲獎，值得特別提出的是，他當時還是學生，並不是英語工作者。

他就讀的學校從來沒有外籍教師，平時也沒有機會與外國人對話，他完全是聽著錄音帶，逐字逐句地模仿錄音帶裡的語調、一遍又一遍地重複練習，才有這樣傑出的會話能力。

有一個軍校畢業生，入校前在部隊當兵三年，把中學學的英語都忘得差不多了。上軍校時，由於英語

不是很重要的一科，所以也沒有很認真地學。畢業後，他被分發在衛星站值勤，也不太要求英語能力。

但他深知英語的重要性，因此堅持按聽寫法的要求聽寫英語廣播。一步一腳印，他的英語有了很大的進步，聽說能力更是非凡出眾。幾年後，他報考外文研究所時，被口試老師讚譽為：「You are the best one.」

自學英語成功後，他又學會了電腦。英語與電腦能力相結合，自此他就能在網際網路浩瀚的資訊海洋中自由瀏覽搜索、擴充資訊來源，半年內就在各種報章雜誌上發表了40多篇的文章。

（四）你一定可以學得比我好！

有人聽到我開始學英語時，每天都要花5個小時以上，就開始覺得用聽寫法學英語收效太慢，並視聽寫法為畏途。

如果你也這麼想，那就大錯特錯了，因為：

❖ 當時我已經45歲了，記憶力當然比不上15

歲、25歲的學生。我念兩個小時的效果可能還不如他們學習一個小時的成果。

❖ 我當時的英語程度，尤其是聽力和會話能力，比起今天的中學生或大學生，實在是差太多了，所以才會花這麼多時間。基礎紮實的中學生或大學生，每天花2小時，半年就可以聽懂慢速英語了。

❖ 今天大家都能使用 CD 、 CD-ROM ，聽寫效率絕對比我當年用錄音帶、錄音機好上好幾倍。

所以，我鼓勵各位讀者：「鍾道隆剛開始學英語時，基礎不好，年紀又大，都能在一年內成為翻譯了，我只有15歲（或25歲、35歲），有好方法、又有好工具，只要肯努力，一定可以學得比他好！」

Chapter 3

用聽寫法
學好英語！

Methods for
Learning English

◎學英語 給你好方法

 # 一 英語老是學不好？

英語學不好的原因很多，仔細分析，主要有以下三點原因：急躁、基礎不紮實和得不到鼓勵與指導。

✿ 急躁

不少人屢攻英語不克的最主要原因便是急躁。其實，誰不希望能快速學會英語？但是，學英語就跟學習其他知識一樣，是一個長期的累積的過程，由不得急躁。我們需要的，是冷靜和踏實。

◆ 我們怎麼學中文的？

中文是象形文字，英文是拼寫文字，兩者有很大的不同，因此學習方法也有區別。但是，它們都是語言，都有同樣的學習原則，我們可以從學中文的經驗與過程中得到以下兩點啟示：

❖ 學習不可能速成

我們在小學和國中階段，一共學了 12 年的中文。學習母語都要花這麼長的時間，英語

是另一種我們更不熟悉的語言，更不可能速成。

❖ 只有不斷的反覆練習才能學會

我們在上小學以前就已經能夠聽說中文，所以一般不需要特別訓練「聽」、「說」能力。但是，中文的的「讀」、「寫」能力還是要經由不斷地反覆練習培養出來。

學生的閱讀能力是在一課一課的學習過程中逐步培養起來的。首先，是小學階段的識字過程：每一個生字，都得一遍一遍地跟著老師念，一筆一畫地在本子上重複練習，之後還要經過多次的考試。只有這樣才能加深我們對每一個中文字的印象，不但做到「見到認得」，更要「一寫就對」，並能在各種場合下靈活運用。

接著，就是文章閱讀能力的培養。每上一課，老師都會講解每段的段落大意和整篇課文的中心思想。經過多次的示範講解後，學習新課時，老師就會要求學生自己分析每段的段落大意和整篇課文的中心思想，並在反覆練習的過程中，逐漸提升這樣的能力。

有些文章，老師更會求反覆朗讀，直到會背為止。

　　寫的能力的主要是透過作文練習培養出來。我們通常從模仿開始，按照課本上的句子和文章「照樣造句」、「照樣寫作」。大多數小學生剛開始寫作時，由於看過的文章不夠多，能信手拈來的句子也太少，因此寫作時常常苦思苦想寫不成句。隨著念過的文章越來越多、寫作的次數也越來越多，才慢慢地寫出具有個人特質的作文。

　　我們在學習英語寫作時，往往都還無法流利地「說」，因此對於要寫的內容，在腦子裡也沒有一個完整的寫作大網。我們常常是先想出一個中文的大綱，再一邊寫一邊翻譯成英語。但由於熟記在腦子裡的英語句型和段落模式不多，因此翻譯時往往找不到合適的句子來表達。由於英語文法與中文文法不同，這時候寫出來的英文就非常容易出現語病，出現所謂的「中式英文」。

　　由此可見，培養英語的「聽、說、讀、寫」能力要比培養同等的中文能力的確困難多了，急躁不得，一定要有「長期學習」和「反覆練習」的心理準備和態度。

◆ 急躁的壞處

急躁會產生各種壞處：

❖ 不肯紮紮實實地打好基礎。蜻蜓點水、走走過場後就去學高級英語了。

❖ 學習進度會不自覺地越來越快。但結果必然是雨過濕地皮，學得不紮實。

✿ 基礎不紮實

和學習其他知識一樣，想要真正提升英語實力，就必須紮紮實實地打好基礎，學好最基本的英語。

不少中學生、大學生、研究生的英語基礎不紮實，學過的、或是正在學的課文和生字，不會唸，勉強唸出來，不是發音不準就是重音不對。考試考聽力基本上是連猜帶蒙，答案對不對也沒有把握。他們為了考試所付出的辛苦，是基礎紮實的人難以想像的。

基礎不紮實的人，如果真想提升英語程度，就必須重新紮紮實實地學好基礎英語。

學習英語時，切忌好高騖遠，學歷高的人尤其要注意這一點。有的人可能連慢速英語都聽不懂，就去

聽一般英語，想在短期內就聽懂英語節目和新聞。一聽到要聽慢速英語，就不屑一顧。

是否具備英語基礎，是一個很簡單的問題，會就是會，不會就是不會，千萬不要自己欺騙自己，只有看到自己的不足，才會不斷地進步。

很多人可能具有很高的學歷，但英語基礎卻不紮實。他們可能熟悉高層次的英語知識，但是對於最基本的英語知識卻不懂或不熟。

我的情況就是這樣：剛開始聽寫慢速英語時，就因為發音問題遇到了很多困難，以致下的功夫不少，收穫卻不大。

於是我毅然決然暫停聽寫慢速英語，一課一課地跟著電台的初級英語課程學了五個月的英語發音，才又恢復聽寫慢速英語。

熟悉了基本的發音以後，聽寫的效果也跟著明顯提升了。回想起來，我這一步走得很正確，否則就不可能有今天的程度。

現在我已經能聽懂一般的英語新聞，但為了維持並增加基礎英語的能力，還是不時地收看兒

童英語節目，或是收聽電台的基礎英語課程。

有些人在英語程度比自己差的人面前，敢讀敢講，頭頭是道；但在英語程度比自己好的人面前，就不敢講話。這樣是不容易學好英語的，因為只有在英語程度比自己好的人面前敢讀敢講，才能發現和糾正自己的發音和文法錯誤。

總之，要彌補基礎知識不足的缺陷，就要放下高學歷的架子，不恥下學，從基礎英語教材和課程開始下功夫，利用機會不斷充實自己。長期堅持這樣做，日積月累，一定會有成效的。

❀ 得不到指導和鼓勵

學習過程中有沒有老師指點，對於學習效果會產生很大的影響。老師是過來人，知道什麼是關鍵、該深入了解，什麼是枝節性的問題、不必花過多精力，所以在老師的指導下，學習有效率，進步也更快。

自學就不一樣了。有些人雖然有恆心，能堅持下去，但因為沒有人指點、抓不住重點，因此可能在重要的問題上花的功夫不夠，在一些枝節性的問題上卻

又拚命鑽牛角尖。例如有的初學者，基本的發音都還沒掌握好，卻在研究美式英語和英式英語的區別。

　　由於沒有人指點，碰到困難就會一籌莫展，找不到解決的方法。這時候的心情就像走進一個漆黑的山洞，看不到光亮，也不知道前方有沒有出口。每個人遇到這種情況都很容易失去信心，最後又從原來的入口逃出來。

聽寫法的特點

　　分析了英語學不好的原因後，讀者應該不難想像，良好的學習方法應該要具有以下特點：

❖ 使學習進度想快也快不起來，徹底根除速成的念頭與急躁的態度。

❖ 全面暴露基礎英語知識的不足，使學習者自覺地停止好高騖遠的想法，下定決心紮紮實實地從基礎英語學起。

❖ 使學習者及時看到自己的進步，進而自我鼓勵，使學習熱情越來越高、興趣也越來越大，

讓整個英語學習過程變成一種良性循環。

「條條大路通羅馬」，能解決這些問題的英語學習方法很多，本書要介紹的「聽寫法」就是其中一種。我在創造和檢討這個方法的過程中，有過成功的經驗，也有過失敗的教訓，在書中都會詳盡地介紹。讀者在學習過程中如能細心體會和應用，配合自己的情況，按照書中介紹的方法和步驟去做，一定會有比我更好的成就。

這種學習方法以聽寫為主，因此定名為「聽寫法」。

❀ 根除急躁

前面已經提過，不少人由於急躁而致英語屢學屢敗。所以，想要學會英語，首先就是要根除「急躁」，建設好長期努力的心理準備。

英語對我們來說是另一種語言，從完全不會到能「聽、說、讀、寫」，是一個循序漸進的過程，期間還會碰到各式各樣的困難。

對於學習中的困難，與其設想得少一點，不如把

困難設想得多一點。對於達到一定的學習目標所需的時間，與其設定得短一點，不如設定得長一點。只有這樣，才會有必須艱苦努力逐個克服各種困難的心理準備，才不會心存僥倖，才不會輕信各種「速成」的學習方法。

不少人幾年來，甚至十幾年來試盡各種所謂「速成」的方法，企圖在很短的時間內學會英語，但是結果總是事與願違，本來想幾個月內速成，結果三年、五年，甚至八年、十年還是學不成。

聽寫法在主張學習者建設好長期努力的心理準備的同時，特別強調在具體行動上要爭分奪秒，一個字一個字、一句話一句話地學。這樣去做，本來準備花兩、三年學會的英語，可能反而一年就學會了。

❀ 打好基礎

基礎英語是強化和提升英語實力的基礎，脫離基礎英語，想去強化和提升實力，效果都不理想。聽寫法強調先紮紮實實地打好基礎，再去一步一步地強化提升實力。

英語基礎與提升實力的關係很像學游泳。不少沒

有經過正規訓練的人會游「狗爬式」，從「會」和「不會」的角度來看，會狗爬式，應該就算會游泳了、淹不死了。但是狗爬式是很落後的，游上幾十公尺就會精疲力盡。

在狗爬式的基礎上即使再下功夫苦練，也游不了長距離。想要有突破、想游長距離，就要學會標準的姿勢，例如蛙式、自由式等。

那麼，是不是可以在狗爬式的基礎上學蛙式呢？不行，你一定要徹底放棄狗爬式，從頭學起，一個動作一個動作地學，先學蹬腿再學手腳配合再學抬頭換氣。

這樣學，看起來成效比較慢，但事實上是比較快。一旦學會了，就能游上幾百公尺，再練習上一段時間就能游上幾千公尺。

具有狗爬式英語程度的人想進一步提升程度，就要必須徹底放棄「狗爬式」英語，紮紮實實、一步一步地學「蛙式」英語。

這種情況也很像一棟施工品質不佳的房子。表面上看來，各種功能都具備了，但幾乎什麼都不合格：地基不牢、牆壁不實、地板不平、門關不緊、窗戶漏

風、水管不暢、暖氣不熱。

　　遇到這種情況，可以有兩種不同的做法。一是推倒重蓋，嚴格按照設計的要求施工，尤其要把地基打好；另一種就是什麼不行修什麼。

　　但是房子的各個要素是互相聯繫的，如果暖氣不熱，只修暖氣還是解決不了問題，因為它跟門窗的密封程度、跟牆壁的厚薄都有關係。因此，整棟房子會修不勝修。如果還再在這個不牢固的地基上加高樓層，後果就不堪設想了。

　　不少人在英語學習上花了相當多的時間，從國中算起，光是學校裡的英語上課時數就高達 1,000 小時以上，再加上自己學習的時間，就更多了。但是因為基礎英語學得不紮實，他們還是不能順利地閱讀和聽說英語。

　　很多這樣的人並沒有認清基礎英語不紮實的問題，只是一再地進各種補習班，囫圇吞棗地學了不少高級英語。但是因為基礎不牢固，這些高級英語往往也沒有在頭腦中生根，過不了多久就全忘記了。

　　學習英語，應該是學一點就真正地掌握一點。這樣做看起來很慢，事實上更快。採用聽寫法學習英

語，一個字一個字、一個文法知識一個文法知識地過濾和穩固，便能實實在在地打好英語基礎、打破英語屢攻不破的迷思。

❋ 學習不為考試，實際提升能力

學習離不開考試，有考試，就會有應試技巧。不少學習不得法、不努力、英語成績差的人為了應付各種考試，不從加強基礎著手，而把希望寄託在應試技巧的訓練上。

在及格邊緣上下掙扎的人，迷迷糊糊地學習一些應試技巧，或許真的會在考試時產生決定性的作用。比如多選對了一道選擇題，結果以 61 分及格。但離開考場後，這些應試技巧沒有任何實際應用的價值。

其實，各種應試技巧都是由具有一定英語程度的人歸納總結出來的。基礎紮實的人很容易就能理解與掌握，但程度不好的人去學習這些技巧，很難得到要領。舉個例子，關於聽力測驗就有以下的應試技巧：「第一遍沒有完全聽懂時，先快速閱讀答案卷上的選項，從中獲得一點概念後，再聽第二遍，較能做出正確的選擇。」可是如果閱讀能力不足，來不及在兩次

的播音空隙間看懂選項，怎麼應用這個技巧呢？

我們必須清楚了解，此類技巧僅僅對考試有用，但是對於實際的英語實力，沒有任何好處。實際生活中和人談話時，也只能聽到聲音，看不到相關的文字提示，能不能聽懂，完全靠耳朵聽。

無論是閱讀還是聽力，聽寫法都主張**「不可一字無來歷、不可一字不講究」**，並且要**「逐字逐句學」**，力求**「字字對、句句懂」**。在提升英語實力方面，則有「聽、寫、說、背、想」五法並進，著重於實際能力的培養與提升。

✿ 不再苦惱，享受樂趣

不少學英語的人，尤其是學了好幾次又學不好的人，會形成一種矛盾的心態：一方面深切了解英語在今日資訊世界的的重要性，一心想學好英語；另一方面又望而生畏，覺得英語可望不可及，學習時只感受到滿腔苦惱，只能靠毅力苦撐，根本談不上有什麼樂趣。欲罷不能卻又學不會，矛盾之情難以言喻。

用聽寫法練習聽寫，什麼地方聽不懂、不會寫，都是具體可見、一個一個地寫在紙上的。經過努力

後，聽懂了、寫對了，所取得的進步也是具體可見的、一個一個明明白白地記載在紙上的。

面對這樣的「成績單」，感受到的不是苦惱，而是進步的喜悅。付出的努力越多，喜悅也越多，尤其是經過反覆推敲，解決了一個長久以來困擾自己的問題時，更可以「欣喜若狂」來形容。因此，在局外人看來是需要很強的毅力才能繼續下去的學習過程，在學習者眼裡卻是一個必然的良性循環。學英語已經變成了一種樂趣與享受，哪裡還需要毅力去苦撐呢！

用聽寫法練習聽寫，CD中那些聽不懂和寫不出來的地方，不但不是使自己洩氣的「障礙物」，反而會成為吸引自己繼續學下去的「強力磁鐵」。在掃除一個「障礙物」以後，就會產生掃除下一個「障礙物」的強烈慾望。有了這樣的學習熱情，往往不知不覺就會念到深夜一、兩點，一點倦意也沒有。

✿ 學習內容上的突破

◆ 擴大領域

聽寫法主張，從事理工的人要聽寫人文方面的英

語，從事文學的人要聽寫理工方面的英語。在學習英語的過程中，應避免狹窄的實用觀點，不要只考慮學的英語是否能與自己的專業相結合。不要認為和自己的專業領域無關的英語，學了就沒有用處，就不想學。其實，**正是那些專業領域之外的英語才更具有提升實力的作用**。這就是擴大領域學習的好處。而且在實際使用英語時，也不可能只局陷在一個很小的範圍內。

通常在職人員學英語時，往往會挑選與自己職業有關的英語教材。聽寫法要求學習者離開自己熟悉的專業，去聽寫與自己的專業領域關聯不大、甚至無關的英語。例如：從事理工的技術人員，要去聽寫醫學方面或人文方面的英語。

為什麼呢？因為聽寫自己熟悉的專業英語時，會不自覺地靠推理去理解整篇文章的意思，而忽略了單字、片語和文法的細節。

例如一段介紹雷達原理的英語，說到蝙蝠由嘴裡發出聲波，再從耳朵接收碰到障礙物後反射回來的聲波，而雷達就是利用這個原理發揮作用。對於一個已經懂得雷達原理的人來說，只要能聽懂幾個關鍵字，

就能了解整段英語的意思。

但是，是不是每個字、每句話都聽懂了呢？不一定，而且很可能有很多都不懂。這樣的學習方法不但無法真正學到英語，而且還很容易產生一種虛假的滿足感，認為自己的英語程度不錯。

在學習過程中，應用已有的知識進行推理是非常正常的思考現象，在練習聽寫英語時很難完全避免。但是對於英語程度不高的初學者來說，若想真正地提升自己的程度，就應該主動練習聽寫與自己的專業領域不同的英語，而且要一字不漏地全部聽寫出來，減少對專業知識的依賴。

這樣做，**可以大大提升根據發音查出單字和直接以英語去理解文章內容的能力**，效果比聽與自己專業領域有關的英語要好得多。就像職業網球選手受訓時，不是只練網球就好了，跑步、重量訓練、划船、甚至是其他的球類運動，也是他們的訓練內容之一，以鍛鍊出更全面的球技。

◆ 克服恐懼

很多人因為英語聽力不好，所以對於要練習聽寫

自己不熟悉的領域，會有所恐懼。一、兩個專業名詞聽不懂，心裡就開始慌了。其實，只要基礎英語知識紮實，聽專業領域之外的英語，不是那麼困難的。專業名詞就是那麼一些，聽過幾次就會記得了。

有些內容的確會比較難，可能我們每個英文字都聽寫出來了、文法也都了解了，但是就是不懂這篇文章到底在講什麼。碰到這種情況，就不必強求非要搞懂不可。「隔行如隔山」，我們閱讀中文也會有這種情況。念文學的人去看化學或醫學的文章，很可能所有的中文字都認得，但是就是看不懂文章的內容。

學習自己專業領域之外的英語，非常有助於擴大英語的知識面和字彙量。要求非專業英語工作者達到專業翻譯人員的英語程度，當然是太苛求了，但是避免自己的英語知識面過於狹窄，卻是很基本的要求。

因為，即使是工作場合內的的英語閱讀或交談，像是與國外客戶開會，涉及到的英語絕不會局限在自己所熟悉的專業領域內，我們常常需要用到不同類別的字彙。日常生活的交談，涉及的知識面和字彙量就更廣、更多了。

很多人在與外國人對話時，才體會到「書到用時

方恨少」。只有在平時的長期聽寫過程中，擴大領域，兼容並蓄地去學習各行各業的英語單字，一個字一個字去學、去記，才有可能在會話時無須思考就從嘴裡說出所要說的話。

◆根據發音查字典

在聽寫過程中，學習者可能會發生這樣的情況：練習一段時間後，由於聽力逐漸進步，發音聽得更準確，因此可以很快地根據發音在字典裡查到聽不懂的單字，不像剛開始時要花那麼多時間。不過，來得快的單字去得也快。過不了多久，這些單字可能就忘了。這時候學習者可能會覺得沒有什麼收穫，甚至懷疑自己的英語是不是退步了。

其實，這是很正常的現象。在練習聽寫的過程中，剛開始時碰到的生字最多，而且通常都要花好一番功夫才能查到，因此學到的單字往往記得很熟。隨著英語程度的進步，碰到的生字會越來越少，即使遇到生字，也能很快就在字典裡查到，但是往往不容易留下深刻的印象。不過，能夠根據發音查出生字，就代表自己的英語程度已經提升了一層，這也正是我們

要培養的能力之一。

◆ 把中文翻回英語

英語進步到一定程度以後，要練習把中文翻譯成英語。你可以練習把聽寫內容的中文譯文翻回英語。

當你聽寫英語時，可能會覺得文章淺顯易懂，所有的單字和文法也都清楚明白。但是當你練習把中文翻回英語時，除非你已經把原來的英文背下來了，否則一定會有不知從何下手的感覺，或者苦苦思考還是找不到合適的字和合適的句子，或者即使翻譯出來了，自己還是很不滿意。

不管翻得怎麼樣，一定要回頭與原文對照，看看原文用什麼樣的字和什麼樣的句子，也看看自己什麼地方譯不出來、譯得不好。

透過這樣的翻譯練習和對比，一定會有很大的收穫。你也會愕然發現，**一些很普通的常用字詞，其實非常具有表達力，關鍵只是在於能否熟練地掌握和運用它們。**

聽寫法的基本要求與做法

聽寫法的基本要求是「**不可一字無來歷，不可一字不講究**」，力求「**字字懂、句句懂**」。

在學習過程中，明確提出並始終堅持這個要求，就能徹底根除急躁的心理，紮紮實實地從基礎英語學起，並在逐字逐句學的過程中，英語越來越熟練，最後達到「脫口而出、信手拈來」的地步，為掌握各種高級技巧打下堅實的基礎。

明確提出並堅持這個要求，學習者能及時看到自己的進步，進而自我鼓勵，使英語學習過程成為一種良性循環，越學越有熱情。

很多具有大學以上英語程度的人聽慢速英語，已經能聽懂90％以上，也長期堅持聽，但是進步卻不明顯，好像碰到了一個無法跨越的障礙。

其實問題就出在聽不懂的那10％上，要想有質的突破，就必須攻克這聽不懂的10％。

提升英語程度猶如登山，聽不懂或看不懂的字就是你藉以往上登高的一階階台階。如果能夠逐字逐句學、徹底理解它們，就一定能登上這些台階，使英語

能力產生質的突破。

如果沈醉於聽懂的 90 ％，對聽不懂的那 10 ％刻意忽略不理會，認爲所有的字都聽得懂是不可能的，某些字聽不懂也不妨礙聽懂大意，你就只能在原來的高度上徘徊，無法使英語程度更上一層了。

而聽寫法的主要做法就是「**聽、寫、說、背、想**」。這五個方法環環相扣，缺一不可，能夠幫助你全面提升各項英語能力。以下詳細說明。

❀ 聽和寫

◆ 聽——不看原文

有的人在練習聽力時會對照原文，邊聽邊看文字，以爲聽到的聲音與原文沒有矛盾，就算聽懂了。這麼做往往花的時間精力不少，聽力卻沒有多大進步。

聽力，指的是在不看文字的情況下能正確理解聽到的英語的能力。因此，**想要真正訓練聽力，最有效的方法就是不看原文、完完全全用耳朵聽，再逐字逐句地寫出聽到的內容。**

練習聽力時不看原文，是我個人訓練聽力的過程中，一段非常重要的經驗。

　　當年聽自己從電台廣播節目錄下來的慢速英語錄音帶時，除了字典外，我根本沒有英文原文或其他的參考資料。聽寫時更是困難重重、進度緩慢，很多問題也是懸在心裡久久找不到答案。當時心裡非常苦悶，不斷想著：「要是有原文可以看該有多好！」

　　一段時間後，我才發現正是因為沒有原文可以參考，聽寫過程中遇到的一切問題都要自己解決，聽力因此進步飛快，而且基礎紮實。有鑒於此，聽寫法把聽英文時不看原文列為基本要求。按照這個方法做的人都表示，**這項要求落實得越徹底，聽力進步得就越快，學到的知識也越紮實。**

　　因此我極力要求：聽 CD 時絕對不看原文，而且最好把原文用釘書機釘起來，當它根本不存在，只有當把整篇內容都聽寫出來以後，才可以去對照看看。只要堅持這麼做，幾分鐘之內即可檢驗出自己的英語程度。

◆聽寫

聽寫時，先把內容從頭到尾聽幾遍，聽不懂也要硬著頭皮聽。聽懂大意後，分出段落和句子，然後再以一句話為單位反覆地聽，把每個字的意思和詞性都弄清楚。

每聽一遍就把聽懂的字一個一個按照順序寫在紙上，排列成句子，聽不懂的字就先空著。剛開始時，聽不懂的地方可能很多，甚至連自己也搞不清處到底有多少地方聽不懂。在這種情況下，**只有把聽懂的字都寫出來，才能看清楚到底有多少地方聽不懂**。

碰到生字，要聽到能跟著 CD 正確地念出來，並準確地抓住各個音節的發音為止。只有準確掌握各個音節的發音，才有可能根據發音和拼寫的原則，在字典裡查出該生字。

碰到生字，不要寫不出來就去按暫停鍵。你應該繼續聽寫下去，因為把聽寫不出來的字放在整篇文章裡，才容易理解。把單字與整句話、整篇文章聯貫起來，往往豁然開朗，一下就知道是什麼詞性、怎麼拼寫了。

有時同一個生字會在一篇文章裡出現好幾次。第一次如果聽不清楚或聽不懂，可以先繼續往下聽，看看能不能在別的地方得到啓發。可能別處的聲音更清楚、或者因為跟別的詞搭配而更易聽懂。

　　沒有確切把握的詞，也要先寫出來，在之後的不斷聽寫過程中再去檢驗和改正。同一篇文章、同一條新聞在不同的時間由不同的播音員播出時，由於語調不同，也有助於聽懂一些疑難字詞的發音。

　　聽與寫兩個步驟是不能分開的。對初學者來說，一段英語內容的聽寫不是一次就能完成的，如果真有聽不清楚的字，可以根據文法加以補充。就假定自己是這篇文章的作者，想想在聽不清的地方應該用什麼字。或許填上去的字不正確，但總比空著好，隨著聽寫時間的增長和英語程度的提升，以後可能就會在無意中發現答案。

◆一定要寫

　　從學習英語的角度出發，初學者在剛開始的階段一定要一邊聽一邊寫。如果光聽不寫，可能會產生以下兩種狀況：

❖ 漏掉聽不懂的字，失去了學習和進步的機會。

❖ 聽到了聽不懂的字，但是只聽不寫，所以可能
聽上好幾遍還是聽不懂。

如果把聽懂的部分寫在紙上，依據前後內容再去聽，才有可能聽懂更多內容，同時幫助理解生字，最後達到全部都聽懂的程度。

由於正確答案往往需要反覆聽寫多次才能找到，所以聽寫時要「**寫一行、空兩行**」，留下充分的修改空間。為了糾正錯誤的拼字，寫的時候稍有疑問就要查字典，並用色筆標出生字和拼錯的字。

◆ 使用專用筆記本

聽寫記錄是你在英語學習道路上艱苦跋涉的忠實記錄，具有自我激勵的珍貴價值，所以不要寫在零散的紙上，挑一本筆記本，專門用來練習聽寫。

每次聽寫時，都要標上聽寫的日期和開始及結束的時間。計算聽寫出一分鐘的英語所用的時間，以便隨時了解自己的進步情況。

用色筆標出聽寫過程中遇到的問題、猜到的生字

以及犯過的各種錯誤，如拼字、發音的錯誤，並在事後歸類整理、糾正錯誤。

◆ 為什麼會寫錯？

寫錯的主要原因通常是單字的拼法不熟練。只要勤查詞典，這個問題還比較好解決。因為，如果是真的聽懂了，至少能聽出來這個字由幾個音節和哪些音標組成，拼出來的字也八九不離十，沒有把握就查字典核對。

在聽寫初期，為了打好正確拼寫單字的基礎，一定要稍有疑問就查字典。**一旦發現自己的拼字能力不足，就要從基本的拼寫開始**，一個字一個字地糾正。現在的讀者都能使用電腦，透過電腦辭典和拼字檢查，更能順利地解決這個問題。

◆ 自我糾正進步快

對於已經聽寫出來的結果，要吹毛求疵、反反覆覆再聽幾遍 CD，從各方面核對與改正。**有疑問與錯誤，原則上要自己改正，不要請別人糾正**。自己獨力反覆修改聽寫記錄，是快速提升英語程度非常有效的

方法。

從某方面來說，修改聽寫記錄比聽新的內容可能更有收穫。而且每自我發現並糾正一個錯誤，就是一次自我激勵，對英語學習的熱情與興趣就多增加一點。

有一位讀者，用聽寫法學習慢速英語，寫了四本厚厚的筆記本。其中有些地方空著沒有寫出來，有的地方寫出來了，但是不確定寫得對不對。她把這四本筆記本拿給我，希望能我幫她批改。

我大略看了一下，但是沒有幫她批改。我要求她自己從頭到尾重新聽寫一遍，逐字逐句改正，並向她說明只有這樣才能充分發揮聽寫法的優點，才能進步神速。

一天，她打電話給我，興奮地說她聽出來好幾個原來聽不出來的字，而且又發現並改正了一些錯誤。

能不能發現並糾正聽寫記錄稿中的錯誤，是能不能掌握聽寫法的一個重要標誌。沒有使用聽寫法親自

聽寫過的人、沒有體驗過猜不到字時的急切心情的人，是難以理解她那時的歡欣心情的。

不就是找到幾個字和改正幾個錯誤嗎？有什麼值得高興的？其實，正是這種經過一番努力以後所獲得的進步，才會激起學習的信心和熱情，一個一個地克服困難、一步一步地走向成功。

◆ 聽寫對了嗎？

初學者可能會覺得自己無法判斷聽寫出來的內容是否正確，其實這種疑慮是不必要的。

只要聽寫出來的每個單字都符合 CD 裡的發音，也能在字典裡查到相對應的字，而且句子結構符合文法規則、前後關係符合邏輯，一般說來，聽寫出來的內容就是正確的。但是，要特別注意同音字的取捨，下面舉兩個例字：

> ❖ Officials say the storm caused serious damage in central part of the nation (the Philippines) before moving out to **sea**.
>
> ——若把 sea 寫成另一個同音字 see，很明

> 顯地，這樣的句子即不合邏輯。
>
> ❖ Security experts say the bomb had been between 2 to 5 kilograms of explosives, its force **threw** bodies as far as 70 meters.
>
> ——若把 threw 寫成同音字 through，無論從文法上或從邏輯上，都是不合理的。

　　有時反覆多次，聽寫記錄中可能仍然會有不正確的地方，但隨著英語程度逐漸提升，日後自己也能發現和糾正。如果還不放心，可以找個英語程度比較好的人當自己的老師，把自己的聽寫記錄念給他聽，看看聽寫得對不對、發音正確不正確。

　　尤其是英語程度還不足的初學者，在聽寫的過程中會聽寫出很多自以為是對的、實際上是錯的地方，而這些錯誤若完全靠學習者自己去發現和糾正是很困難的。為了加快學習速度，不妨向英語比較好的人請教，請他們把自己的聽寫記錄中的錯誤標出來，但是不要馬上告訴你為什麼錯、怎樣才對，應該由你自己去思考錯在哪裡並找出正確答案。

　　如果幾個人結伴一起採用聽寫法學英語，更可以

一起討論、互相觀摩，看看別人的聽寫結果是否和自己的一樣。如果有不一樣的地方，大家可以互相討論，找出大家都認為對的結論。

幾個程度相當的人結伴學習、一起討論，由於碰到的問題都差不多，有時會收到意想不到的效果。

聽寫過程中遇到的任何問題都要查個水落石出，才能不斷提升英語程度。拿我自己的例子來說，有一次聽寫慢速英語廣播時，發現 watch 後面的不定詞沒有 to。過去我只知道在 make、let、help 等詞後面的不定詞可以不加 to。查了文法書，才知道 make、let、help、hear、notice、feel、watch、have 後面的不定詞動詞前面均不可加 to。如果當時沒有查清楚，可能就一直錯下去了。

❀ 說與背

整篇文章聽寫出來以後，就要練習「說」。方法是：**CD 聽一句，自己說一句，而且要說出完整的一句。**

「說」的訓練可以分成兩個步驟：

❖ 第一步是「比較」。把自己「說」的聲音錄下來，與 CD 上的標準語調比較，看看什麼地方學得不像。如此不斷重複，直到能說出正確的發音和語調。

❖ 第二步，是跟著 CD 的聲音同步「說」。

會「說」以後，還要「背」。把聽寫記錄反覆高聲朗讀，直到能夠背誦。

「背」對於提升英語實力具有非常大的影響。通過「背」，才能由「會」到「熟悉」、由「熟悉」到「熟練」。

熟到了能「背」的地步以後，聽英語時就能快速反應，閱讀時就能一目十行，寫作時才能通順洗練。

我們在小學和國中階段學中文時都要背了，學英語更不能例外。

英語新聞往往有一定的格式和句型，背上幾段新聞英語以後，就能熟悉其格式和句型，也更容易聽懂新的內容。有時甚至能夠聽到前幾個字，就能預測出後面幾個詞，或聽了上一句話，就能提前說出下一句話。到了這個地步，聽寫時的緊張心情也消失了。心

情一放鬆，實力就能發揮，該聽懂的也能聽懂了。

背誦不只是一種學習，也是一種能力。文章背多了，背誦的能力也會隨之提升。

也許有人會擔心背下來的內容最終都會忘掉，不就等於白背了嗎？不是的。儘管背下的內容會忘記，但是鍛鍊出來的能力會一直存在。

❋ 想

「聽、寫、說、背」是學習的方法，要切切實實地做到。而「想」就是學習的技巧，幫助你更有效率地使用這些學習的方法。「想」的內容是多方面的，它既貫穿「聽、寫、說、背」四個環節，又有其獨立的內容。

◆與「聽、寫、說、背」結合

在「聽、寫、說、背」的每一個環節上都應該積極思考。

「聽」和「寫」的過程中，「想」是指檢查與糾正：單字拼得對不對、句子文法對不對、文章意思合不合邏輯等。「想」也表現在猜字的過程，後面將會

詳細介紹。

「說」的時候，不要「小和尚念經，有口無心」，要邊「說」邊「想」每句話的文法結構和意義。「說」了幾遍以後，要再聽聽 CD，體會其發音和語調，比較一下自己的發音和語調哪裡不對，不斷修改，直到正確為止。

「背」的過程中，如果碰到艱困難背的句子，應該想想用什麼方法記住這些句子。

◆還要「想」什麼？

除了與「聽、寫、說、背」結合，你更應該獨立「想」以下內容：

❶ 進度是否合適？知識是否紮實？

前面曾經提過，學習進度是自己掌握的，很多人會不知不覺地會加快學習進度。同時因為缺乏客觀的檢驗標準，往往學得不深不透，卻還自以為學得不錯。所以在整個學習過程中，尤其是**在打基礎的階段，要經常告誡自己「慢些、慢些、再慢些」**，時時檢查學到的知識是否紮實。如果不紮實就重新學過，

不要自己欺騙自己。

2 複習和歸納

　　每隔一段時間，就要複習學到的新單字和文法知識，要歸納自己在聽寫過程中所犯的各種錯誤，並且總結學習方法方面的經驗和教訓。

　　只有經常總結和歸納，才能學得更快、更好。每個人所處的環境不同，學習過程中不同階段碰到的困難不同，個人的經驗和教訓也不同。**自己總結和歸納出來的經驗和教訓，最適合自己的情況，最適合用來指導自己**，更可以收到事半功倍的效果，甚至對別人來說也很有參考價值。

　　透過分析自己的錯誤學習，效果特別好。聽寫過程中一定會有的字聽寫不出來，有的聽寫錯了，或是聽懂了但寫得不對，這時就是你分析原因和找到方法避免的大好機會。

　　假如聽寫時有個單字不會，好幾次試拼出來的字在字典裡也找不到，最後透過別的途徑才找到了的答案，這時你就要好好地檢討一下，為什麼自己多次試拼出來的字都不對？是不是沒有抓準 CD 的發音？還

是自己的發音知識不足？還是遇到了特殊的發音？

每學到一個新單字，都應該在拼寫、發音和釋義三個方面與自己已經熟悉的單字比較，找出異同點，以形成「聯繫記憶」。

發音和拼法較特別的字要特別注意，看看能否找到記憶的技巧。

文法也是一樣，如果不懂或搞錯了，一定要去查文法相關書籍，弄清楚正確的用法。

四 聽寫法的優點

使用聽寫法學習英語具有傳統學習方式沒有的優點。

❀ 發揮積極性

大部分的學習，都是以老師帶領學生的模式進行：老師一課一課地講解現成的課本，學生被動地學習。由於老師講的幾乎書上都有，因此很容易產生學生與老師「不同步」的現象：老師在講前面的內容，學生卻翻看後面的內容；或是老師苦口婆心地講解，

而學生仍是有一句沒一句地聽著。

聽別人講解很容易產生「似懂非懂」的現象。講的人都懂，講起來頭頭是道，聽的人似乎也都懂，但實際上卻不一定真的都懂。從「似乎聽懂了」到「真正懂」之間還有一段不小的距離。

用聽寫法訓練聽力，以 CD 代替現成的課本，以 CD player 和字典為老師。 CD 不停地轉，聲音不斷地出來，聽者不得不集中注意力，否則稍有疏忽就得重來。對於難以集中注意力的人來說，確實是一種學習的好方法。

聽寫法要求學習者透過自己的努力，一個字一個字地把「課本」寫出來。學習者本身就是課本的主動「創造者」，因此會有強烈的參與意識，更能發揮其潛在的積極態度。

正因為喚起了學習者的積極性，所以，在局外人看來枯燥無聊的聽寫過程，對學習者本身卻具有強烈的吸引力和趣味性。不少用聽寫法學習的人都承認，只要一坐下來聽寫，三、四個小時不知不覺地就過去了。

跟著老師學英語，往往聽著老師講的、看著書上

寫的，似乎都懂、都會，實際上卻不一定能熟悉活用。

採用聽寫法學習就沒有這個問題。因為若能獨自將英語內容正確地聽寫出來，就表示已經掌握住相關英語知識了。根據我自己的學習歷程和教學經驗，還沒有人能夠正確聽寫出來整篇文章卻不懂其內容的。

✿ 引人入勝

學習的第一要件是興趣。沒有使用過聽寫法的人可能會認為用聽寫法學習太枯燥，遇到生字還要自己查字典太麻煩，或是長時間還查不出生字太苦惱。

英文程度較低的人，在使用聽寫法的初期常常都會有此心態。但是只要堅持下去，掌握住聽寫法以後，學英語就變成了一種自我鼓勵的有趣過程。

每當經過努力弄懂一個生字，就是一次成功。而每一次成功都會激起更大的學習熱情，急切地希望再碰到一個生字，整個學習過程就成了不斷自我激勵的良性循環。

正因為這樣，用聽寫法學習英語成功的人暱稱它為「具有強大吸引力的磁鐵」，一旦入門就愛不釋手。

❀ 提升學習能力

用聽寫法學習碰到困難時，需要自己想辦法解決。例如：碰到生字時，要自己查字典。久而久之，自學英語的能力就會明顯提升。

在教室裡跟著老師學英語的人，往往缺乏這種能力。他們碰到書本上沒學過的內容時，第一個反應就是：「沒學過，我不會。」

正如那些討論英語教學不足的文章所指出的，現在的學生只學過 telephone、telegraph，卻不知道 cell phone、telex 是什麼；只學過 king、queen，卻不知道「**總理**」是「**premier**」；由於不知道「稀飯」和「饅頭」的英語怎麼說，而無法回答外籍教師的問題：「What do you usually have for breakfast?」

課本的內容固然應該隨著時代的發展及時修訂，但是在科技迅速發展的今天，課本修訂的速度往往趕不上資訊膨脹的速度。那麼，課本上沒有但生活中很重要的單字，是不是也應該要知道呢？

知道「總理」的英文是 premier，碰到 **prime minister** 和 **chancellor** 時，是否能知道也是「**總理**」

的意思呢？知道「稀飯」和「饅頭」的英語以後，是不是還需要知道「燒餅」、「蛋餅」、「豆漿」呢？否則還是回答不了外國人的問題。

英語單字學不勝學。跟學習其他課程一樣，英語也應該是「不怕沒學過，就怕不會學」。只要具備了基本的英語學習能力，碰到不會的英語單字，查字典或請教別人就能找到答案了。這是個很小的動作，對於英語學習的能力和態度卻會產生很大的影響。

❀ 全面提升英語實力

聽寫法的「聽、寫、說、背、想」，把發音、音調和語感、單字的意義和拼寫、句子的句型和文法等知識的學習與運用，融於一體，因此可以全面地快速提升英語實力。

◆ 單字記得快，記得牢

通過「聽、寫、說、背、想」所學到的英語知識印象深、記得快且記得牢。

很多人學英語時，覺得最頭痛的問題就是單字記不住。有關記憶的研究指出，**記英語單字，不能機械**

性地死背，而是要「聽、寫、說、背、想」五法並
用，耳、嘴、手、腦同步動作。透過視覺、聽覺、口
腔肌肉以及手部肌肉的共同運作，就會在腦子裡產生
深刻的印象。

聽寫法訓練聽力主張「聽、寫、說、背、想」，
耳、手、嘴、腦一齊運作，全面利用大腦的功能，效
果必然好。

CD 的聲音和自己覆誦的聲音，能使人精神集
中，特別是當腦子發脹、不太清醒時，聲音的效果尤
其明顯。

在聽寫過程中不斷地用手書寫英語單字，能夠形
成「運動記憶」。書寫的次數多了，會習慣成自然，
等到需要時，手就能下意識地把想要的字「信手拈
來」，好像不用經過大腦一樣。

**由於聽寫法學習中遇到的問題，都是透過自己不
斷的推敲與努力才解決的，必然印象深、記得牢。**

為什麼自己解決的問題就容易記得牢呢？這個道
理很簡單。就像我們前往一個陌生的地方，如果是別
人帶你去的，或是坐公車、坐捷運去的，即使去了幾
次、十幾次，你還是不知道自己開車要怎麼去。相反

地，如果是自己一邊問路一邊找著去的話，可能去一次就會牢牢記住了。

這個優點對於中年人來說尤其重要。因為他們的理解力強，但是記憶力不一定很好。所以他們拿著課本學英語，往往是一看就懂、一過就忘。而採用聽寫法學習，沒有現成的課本可以看，必須一邊聽寫一邊理解和記憶，因此如果聽寫出來了，也就真的搞懂和記住了。

聽寫法的基本要求是「不可一字無來歷，不可一字不講究」和「字字懂、句句懂」。這是個很嚴格的要求，但只要在學習中堅持這個要求，就可以發現各種問題並加以解決，盡而紮紮實實地一步一步提升英語實力。

所以有人把「聽寫法」比喻為「顯微鏡」，因為它能清晰地顯現出英語的每一個細節，發現潛藏其中的每一個細小問題，並打下紮實英語基礎，為進一步提升實力創造極佳的條件。

◆掌握發音和語調，熟悉拼字規則和變化

在反覆聽 CD 的過程中，可以逐漸掌握單字的發

音、重音和句子朗讀的語調；在不斷猜字和查字典的過程中，可以慢慢熟悉拼字的規則和變化。

發音、語調和語感是不少英語學習者面臨的困境。自己的發音要正確，才能聽得懂英語。有些學習者常常遇到這樣的情況：某個單字聽不懂，最後千方百計查出了這個字，卻發現根本就是自己認識的字。原來都是因為自己的發音錯了，或是重音讀得不對才沒聽懂。

因此，在聽寫過程中學「說」的時候，**務必要CD唸一句、自己就跟著學一句**。我們不一定能學到唯妙唯肖，但至少要達到基本的發音和重音都正確、別人聽得懂的地步。堅持這個做法，一段時間後，你不知不覺地就會發現自己已經能掌握英語的發音、重音、語調等原則。

學習英語發音、重音、語調等最有效的方式，是聽由英美人士錄製的CD，然後反覆模仿。

如果你光靠書面資料學習單字，在記住拼法的同時，還得記住每個音節中的母音是什麼、重音在哪個音節上等。這樣的學習方法不但大大增加了記憶量，而且在應用時，碰到了多音節的單字，還是得花時間

判斷每個音節的母音和字的重音，根本無法立刻唸出來。

　　缺乏「說」的訓練更會令人口不從心，腦子裡想發某一個音，嘴裡唸出來的卻是另外一個音，或是重音的位置完全不對。但是透過標準英美發音 CD 學習的人，單字的語音知識是以一個完整的聲音形象記在腦子裡的，實際應用時更能準確地「脫口而出」。更何況有些語音技巧是很難用書面符號準確地表達出來的，只能靠不斷地聽、不斷地模仿才能學會。

　　第一次碰到的英語單字，一開始就要唸對，否則很可能事後費了很大的勁，也不一定糾正得過來。

◆熟悉活用英文文法

　　聽寫過程中，英文文法即潛藏於各種句型當中，一旦熟悉到能「背」的地步，**英文文法與各種句型就會融入自己的思考方式**。你就能夠直接用英語去理解聽到或看到的內容，說出來或寫出來的內容也會符合文法。

　　聽寫時，自認為聽懂了的字和句子都要寫出來。句子結構要符合文法，每個單字的拼寫更要準確無

誤，沒有十足把握就要查文法書籍和字典，以糾正不正確的文法觀念和拼法。

不斷地「聽、寫、說、背、想」各種單字和句型，不但能把原來鬆散的英語知識固定、強化起來，更會在腦子裡形成聲音與形象相結合的英語。以後只要聽到發音，腦海中就立即浮現出這個字的形象。反之亦然，只要看到字的形象，耳邊就會立即響起這個字的聲音。到了這種程度，就表示你的英語熟練程度已經大大提升了。

「熟能生巧」。熟練到了一定程度，對英語就會有特殊的「敏感度」和「明察秋毫」的能力。閱讀英語文章，看一遍就可以抓住大意和關鍵字。如果是看草稿，也能很快地把各種錯誤或不合適的寫法挑出來。

熟練到一定程度，更會形成整體識別單字的能力，即從單字在句中的位置、單字的拼法和長短等，識別出該單字的含義，而不是每看到一個英語單字，先逐個字母默念一遍，然後再去思索是什麼意思。

聽寫練習多了、習慣成自然了，即使有的時候只聽不寫，腦子裡仍然會顯現出一行一行的句子來。

這種能力其實是任何人都有的，只是程度不同而

已。我想大家都不能否認，自己很熟悉的事物，只要一回想，各種情景歷歷在目。從事理工的人思考各種問題，物體的形狀和相互關係位置就畫在自己的腦子裡。棋手下棋，熟到一定程度棋盤就在腦子裡，能夠清楚回憶一場比賽的每一步棋。

◆ 效率高，收效快

聽寫法「聽、寫、說、背、想」五法並用，手、耳、眼、嘴同時把訊息送到腦子去，效率高、收效快。

許多讀者把自己用傳統方式學習英語的經驗，形容為花的時間多、學到的卻零碎而不正確；而用聽寫法學習的過程則是花的時間少、學到的完整而準確。

十幾年來，各種程度高低不同的人使用聽寫法學習英語，只要肯放下高學歷的身段，並堅持到底，都獲得了耀眼的成功。

五 靈活運用聽寫法

◆努力、努力、再努力

學習方法千萬種,「努力」絕對是第一原則。再有效的學習方法、再先進的教學設備,都代替不了自己的努力。

學英語就跟學習別的知識一樣,想要有所成就,就一定要付出努力。因此,不要老是在方法上兜圈子,企圖找到一個不費力氣就能收穫的方法。我可以肯定地告訴你,世界上沒有這樣的方法。

讀者在決心採用聽寫法學習之前,一定要去除僥倖取巧的心理,下定決心長期吃苦、長期努力,否則很容易半途而廢。

◆配合自己情況

把別人介紹的方法變成自己的東西時,必須經歷「內化」的過程:用心思索、檢討改善,配合自己的情況適當地調整。這樣的學習方法對你來說,才是最有效的。

◆吸取其他方法的優點

學習英語的方法不只一種。許多書籍都介紹了不少學習英語的方法。所有這些學習方法，都是作者們的經驗之談，都有一定的道理。我鼓勵讀者們虛心學習和參考，從中吸取自己需要的內容。

Chapter 4

你該
養成的能力

Methods for
Learning English

學英語 給你好方法

 不要忽略任何一項能力

基本的「聽、說、讀、寫、譯」五種能力應該全面發展，不要忽略任何一項。

隨著與國外接觸的頻率日益頻繁，使用會話的機會越來越多，人們對於「聽」和「說」的要求也更加重視。但這並不意味著可以忽視「讀」、「寫」、「譯」能力的培養，否則充其量也只是個英語文盲。

 基礎要紮實

英語「聽、說、讀、寫」能力的提升，都離不開基礎的建立。學習英語越是從基礎做起，越能盡快收到效果，越能鼓起決心與信心繼續學下去。

從基礎學起，循序漸進，自然而然就會培養出抓大意和關鍵字等技巧，閱讀或聽英語時也就更容易理解和掌握其內容。

反之，在基礎不紮實的情況下去刻意學習抓大意和關鍵字的技巧，就會覺得似懂非懂、模模糊糊；硬著頭皮堅持聽課，也只會一頭霧水；勉強參加考試，

只能連猜帶靠蒙，結果必然是屢戰屢敗，越考越沒有信心。

✳ 基礎不紮實的種種表現

英語的基礎到底是什麼？簡單地說，就是國中英語。下面我們從字母、發音、字彙和文法等幾個方面來看看基礎不紮實的種種具體表現。

◆ 字母

這裡不是指認不認得 26 個字母，而是指對英語字母有沒有熟練到不思考即能反應的程度。

就**字母的大小寫**來說，有的人只熟悉小寫，不熟悉大寫。如果一篇文章是用大寫的英語字母寫成的話，他就覺得看起來很生疏、很困難，一定要在腦子裡一個一個把大寫字母轉換成小寫字母。即使是很熟悉的字，也無法很快反應。有的人甚至會看了後面忘了前面，非得把字母換成小寫後再一個一個地寫在紙上，才能看懂，因此閱讀的速度極為緩慢。

看英文書籍雜誌，這個問題還不會很明顯。但是如果是在與國外朋友開會，得看用大寫字母寫成的幻

燈片或投影片，就會有很大的問題：第一頁還來不及看懂，第二頁就出現了，結果就是沒有一頁看得懂。就像我前面敘述過的，我第一次出國時就面臨過這個問題。

有的人甚至對26 **個字母的排列順序**也沒有達到滾瓜爛熟的程度。要一個字母接著一個字母背下來，才知道自己所要的字母在哪裡，因此查字典的速度就很慢，有時甚至會因為搞錯順序而找不到字。

嚴格說來，這些狀況都是「字母」能力沒過關。讀者不妨以下面一段大寫的文章為例，檢查一下自己對於大寫字母的熟悉程度。

DOGS ARE BEING USED TO GUARD SHEEP FROM WILD DOGS, OR COYOTES. FARMERS ARE EXPERIMENTING ANOTHER KIND OF ANIMALS TO PROTECT SHEEP. THEY ARE USING DONKEYS. DONKEYS ARE ALSO KNOWN AS BURROS OR ASSES. FARMERS ARE ALSO TESTING SOUTH AMERICAN LLAMAS FOR USE AS SHEEP GUARDS.

不熟悉字母的問題並不難解決。就拿大寫字母來說吧，只要你認真地把它當作一個問題對待，一個字母一個字母地把一篇文章從小寫翻成大寫，十幾頁寫下來，就會對大寫比較熟悉了。

◆ 發音

有的人英語發音不熟，只會看不會讀更不會聽。由於學校裡的考試基本上仍以筆試為主，不考「聽」和「說」，因此大部分學生對於「英語啞巴」的嚴重性都缺乏認識。只有要去考包含聽力測驗的留學考試時，如托福等，才忽然發現自己在學校裡學的英語是「啞巴」英語。

發音是「聽」和「說」的基礎。只有發音正確，朗讀或說話時，別人才能正確理解自己要表達的意思；只有發音正確，才能聽懂別人所說的話。

發音不熟練的問題首先會表現在朗讀上。一個音節一個音節地讀時，問題還不會很大，但若是多個音節連起來當作一個字來讀，就不太對勁了。多個字連成一個句子讀時，缺陷就完全暴露出來了：不是重音不對，就是語調不對，聽起來根本就不是英語。

發音不熟的人，對於每一個英語單字，腦子裡都沒有一個明確而固定的發音。他們看著字典的音標，或許還能把字讀出來。但是，一旦離開音標朗讀句子或文章，就會受到前後字發音的影響，有時這樣讀，有時又那樣讀。有的人也許發音對了，但是不分輕重音，或是重音的位置不正確，別人還是聽不懂。

正因為腦子裡沒有一定的語音形象，這樣的人朗讀時必然拖泥帶水、含含糊糊，不敢大聲朗讀，別人也聽不清楚這些字到底怎麼發音、有幾個音節、由哪些母音和子音組成。

很多人覺得記單字是一件很困難的事。其實，主要的原因就是因為不會朗讀。**只要從發音開始著手，記單字的問題也可以迎刃而解。**

發音不熟、平日朗讀練習不夠多的人，朗讀英文文章時常常口不隨心，看著文章、嘴裡唸出來的音和心裡想讀的音完全不一樣，有時不只是重音不對，甚至還唸成別的字。

有些人則是發音不正確，還養成習慣。養成習慣的錯誤發音對於英語學習的影響，比不會發音還要大。不會發音，可以從頭學起；養成習慣的錯誤發

音，還要一個一個糾正。所以有人比喻說：「『不會』是從『零』開始，『錯了』是從『負』開始。」

關於發音，還有一個「連音」的問題。有些人連一個字一個字都唸不清楚，就開始熱衷於學習連音了。不會走就想跑，怎麼可能呢？

我就碰過一個發音不熟練的大學生，模仿錄音帶唸課文，把 large boat 兩個字唸成了 larbo 一個字。別人告訴他這樣唸是不對的，他還說：「錄音帶上就是這樣。」

發音準確的人連讀時，在發音不熟的人聽起來，似乎有的音不見了，其實在發音熟練的人聽來，那些音還在，而且是可以聽出來的。這就像熟悉跳水動作的評審看跳水選手跳水，他能準確而精細地看出整體和細微的動作；而不諳跳水分解動作的觀眾，往往只能看出「入水時水花大不大」，至於其他動作做得如何，只有看慢動作重播才能分曉。

◆ 聽力

影響聽力的因素很多，我們先討論**語感**和**辨音能**

力。語感和辨音能力差的人，在聽寫時無法分辨不出一句話有幾個字、每個字有哪些音；也不習慣連音等現象，常常漏掉或聽錯，或是把幾個字誤以為是一個字，有時又把一個字誤聽成好幾個字。

英語發音不熟練的人，即使已經具有三、四千個字彙的能力，能夠閱讀與自己的專業領域相關的英文書籍，但聽寫起來，可能連最簡單的字都聽不懂。舉個例子：

> 以前我教過的英語聽力班，共有20幾個具有大學以上學歷的學生，但是沒有一個人能聽出一篇慢速英語文章裡的 three of them 三個字。有人聽成 they often，也有人聽成 tree often。

◆字彙

字彙基礎不紮實會表現在單字拼寫、字義理解和片語知識上。

1 單字拼寫

就跟發音不準確一樣，字彙基礎不紮實的人，單字拼寫也馬馬虎虎。拼出來的字或是丟三落四、少寫

字母，或是畫蛇添足、多寫字母，或是張冠李戴、不同單字互相混淆。

由於熟練度不夠，寫字無法「信手拈來」；即使思索一番拼出來了，也沒有十足把握。有時明明拼對了，但別人一反問，又拼出一個錯字來。一篇的聽寫練習，同一個字會出現好幾種不同的拼法，而且還可能沒有一個是對的。

有的人則是不熟悉不規則變化的動詞、形容詞和名詞。例如：看到 brought 不知道是 bring 的過去式或過去分詞，還以為是生字。

我曾問過六個英語程度中上的電信科系大學畢業生，「**衛星**」（**satellite**）一詞的英文是什麼。他們都能正確地說出來，但請他們寫出來時，只有一個人把字拼對了。其他五個人，不只是拼錯，連錯的方式都不一樣。

② 字義理解

有些人對英語單字字義的理解過於狹窄，甚至以為一個英語單字只有一個中文解釋。

3 片語知識

有些人不重視片語，造成英語知識極度貧乏。例如：

> 知道touch是動詞，意思是「碰觸」，也知道off是副詞，意思是「離去」，但就是不知道 **touch off** 這個片語的意思是「**引爆、觸發**」。

而片語是英語一個很重要的部分，不管是在日常會話或是書面英語，使用都非常頻繁。

◆ 文法

過去由於對於英語會話訓練的重視不足，我們在學校裡往往學了很多文法，卻還是聽不懂、說不了。但是，我們並不能因此否定學習英文文法的必要性，更不能認爲我們沒有學中文文法也會說中文，所以學英文也不需要學文法。

小孩子在母語環境中學習語言，是在不斷模仿與重複的漫長過程中完成的。但是，在缺乏指導與糾正的狀況下學會的母語，往往是不完整的。因此，學校裡的國文課有各種相關的練習，讓我們以不刻意記憶

文法規則的方式，熟悉、熟練中文的文法。沒有受過這樣的訓練的人，在說話和寫作時，就會常常出現「語病」。中文的「語病」，代表的就是不合中文文法。

話說回來，我們不可能從小就生活在英語環境中，自然而然地學會「聽」「說」英語，因此，更需要加強文法的教授與指導。文法具有規律性，學會文法，就能舉一反三、收到事半功倍的效果。

基本的英文文法不紮實，往往會鬧出笑話。

4
你該養成的能力

有一家公司為其電子產品打廣告，著重於電子零件少、可靠性很高，因此寫了下面一段話：

What is not there can not go wrong—the most reliable component is the one that is not there.

我曾用這段話測驗過幾十個大學畢業生和研究生。由於搞不清文法關係，能正確理解其意義的人並不多。他們翻譯出來的句子五花八門：

1. 沒有不故障的東西，那裡缺少最可靠的零件。

2. 世界上沒有東西沒有錯（或人無完人，金無足赤）。

3. 這裡的東西不會出錯，它們是最可靠的零件。

4. 這裡的東西不能再出錯了，最可靠的零件不在這裡。

5. 什麼在哪裡不出錯，最可靠的零件是它不在這兒。

不管這些中文譯文是否通順，重要的是，它們的意思全都錯了。

其實這兩句話的文法並不複雜，都沒有超出基礎英文文法的範圍。

第一句話 What is not there 中的 what 一字相當於 the thing which，即：The thing which is not there can not go wrong.

第二句話中 The most reliable component is the one 是主要子句，that is not there 是形容 the one 的子句。

整句話的意思是：「不在那裡（指產品內）

> 的零件是不會（使產品）故障的，不在那裡（指該產品沒有使用到的）的零件就是最可靠的零件。」

　　我也曾把這段話全部換成大寫後，給十幾個研究生看。其中只有兩個人馬上就看懂了，其他的人都得經過一段把大寫轉換成小寫的時間才能看懂。其中有兩人甚至光是在腦子裡「默翻」還無法連成句子，非得要一個一個字母用小寫寫出來才看得懂。

　　由此可見，拼字、發音、文法知識不熟練而引起理解錯誤的現象，在受過高等教育的人之間也是普遍存在的。

　　解決基礎不紮實這個問題最好的方法就是採用聽寫法，在「聽、說、讀、寫、譯」的過程中，一個字一個字、一句話一句話地學習英語、強化英語，做到「會看也會寫、會聽也會讀」。

✽ 從「會」到「熟練」

　　上述種種問題，實際上就是「會」、「熟悉」、「熟練」三個層次的問題。下面以一年12個月

January 、 February 、 March 、 April 、 May 、
June 、 July 、 August 、 September 、 October 、
November 、 December 這 12 個單字爲例說明。

◆會

對於這 12 個單字，首先是「會」與「不會」的
問題。不能正確地唸出與拼出這 12 個單字，就是
「不會」。能慢慢依序唸出或寫出一到十二月的英文，
就可以算會。

注意這裡「慢慢地」三個字和「依序」兩個字。
所謂「慢慢地」，是指需要時間思考與判斷；所謂
「依次」，是指在看到這 12 個單字中的其中一個（如
September）時，知道是某個月份，但是無法立即判
斷出是幾月，需要以中文或用手指從 January 依序數
到 September 後，才能回答出是「九月」。

「會」的人可以應付各種考試，甚至可以考出高
分。但是因爲需要默念中文或用手指數慢慢推測，所
以速度緩慢，無法達到英語會話中聽和說的需要。

◆ 熟悉

這 12 個單字能聽、能讀、能寫，聽到、看到或說到任何一個單字，稍做思考即可知道是哪一個月份。但是還沒有熟練到能習慣成自然地「脫口而出、信手拈來」的地步，腦子裡或多或少仍然存在些許依序默唸或用手指讀數的過程。

◆ 熟練

12 個單字熟到能「脫口而出、信手拈來」。依序默唸或用手指讀數的過程完全消失，看到或聽到英文就像看到或聽到中文一樣。

很多人聽英文時，是一個字一個字分開來聽的。即使聽到的字都學過，但是就是無法立刻理解整句的意思，等到聽到的內容被譯者翻譯成中文以後，他們才恍然大悟。這種現象正說明他們**聽不懂的原因不是字彙不足，而是對於已經學會的單字，還沒有達到「熟練」的地步。**

有些人認為自己閱讀速度不夠快的主要原因是字彙量不夠，因此猛背單字。花了好一段時間後，閱讀

的速度還是沒有增加。其實，大部分念到大學畢業的人，起碼已經學過3,000到5,000個單字了，只是常常沒有達到「熟悉」與「熟練」的程度，因此看到、聽到的時候無法立刻反應，更遑論直接從英語理解其意義。

所以，**增加英語閱讀速度的主要障礙，其實是那些自以為已經「會」了，但還沒有「熟悉」與「熟練」的英語單字。**一旦以聽寫法學習後，把所有「會」的單字都「熟練」了，閱讀的速度一定會大大增加。

英語不熟的情況下，看到一個句子，雖然所有的單字都認得，但卻很可能把某些單字看錯或讀錯，尤其是容易混淆拼法和意義的字，因此無法像讀中文那樣地去讀英文，這就是不「熟悉」、不「熟練」所造成的差距。若再考慮文法、句子結構等因素，問題就更多了。**從腦子裡去掉文法分析的過程，是提升閱讀速度的重要環節，而聽寫法就能解決這個問題。**

當然，我絕對不是在否定擴大字彙量的重要性。但事實上，在腳踏實地的學習過程中，字彙量一定會自然地擴大。而且，只有結合句子、文章所擴增的單字，才容易理解其意義、才可能記得牢。為背單字而

背單字，學到的東西是死的，不易記牢也難以活用。

我曾經調查過，一般大學畢業生「會」和「熟練」的單字比例約為10：1。如果自己覺得「會」8000到10,000個單字，可能真正「熟練」的只有800到1,000個。

很多基礎不紮實的人為了應付考試，會去做各式各樣的模擬試題。他們一邊做、一邊看答案。做得不對，哈哈一笑，又接著做下一題。往往花了大量的時間和精力，英語實力卻沒有提升多少。

雖然寫模擬試題可以讓人熟悉題型和答題技巧，但追根究底，也只能檢驗當時的程度，而不能提升程度。基礎不紮實的人想要治本，想要真正提升英語實力，要把重心放在打好基礎，達到「熟練」的地步。

「說」的方面也同樣存在「會、熟悉、熟練」的程度差距。很多人練習會話時，是一邊聽CD、一邊看書，聽完了覺得沒有什麼不懂，卻沒有增加任何會話能力。

有一個畢業後已工作多年的碩士，幾度想增進會話能力都沒有如願。後來他嚴格按照聽寫法

4 你該養成的能力

的要求，一句一句地聽寫了 200 多個句子後，大有進步，不但在博士班入學考試的聽力項目考取高分，入學後也常常因爲會話能力好，得到外籍教授的稱讚。

他語重心長地對我說：「以前學過的英文句子也數不清有多少了，但是因爲學得不紮實，要用的時候總是說不出，就算說出來了，也是中式英文。用聽寫法紮紮實實地學了 200 多句以後，就能表達出自己的意思了。從基礎著手的聽寫法，效果就是好！」

把常用的片語和句型背得滾瓜爛熟，就可以與外國人進行一般的交談。反之，即使學了許多複雜的片語和句型卻不熟練，到時候還是說不出口，即使說出來，也不是標準順暢的英文。舉個例子：

> 有些人學會話時，學到「表達一件事情很容易」有下面幾種說法：
>
> 1. It is a piece of cake.
> 2. No sweat.

3. It is a snap.

4. Snap.

5. It is easy.

6. It is not difficult.

由於前面四種表達方式很生動、很口語化，是道道地地的口語英語，所以他們把注意力完全集中在這四種句型，卻忽略了最後兩種最直接、最容易掌握的說法。

到了真正要用的時候，出現在腦子裡的滿是 piece、cake、sweat、snap 等較不常用的字。對這些句子稍有遺忘或不熟練，就無法脫口而出。而事實上，一般人能熟練地使用以下兩句，也就足以表達自己的思想了。

❖ It is easy.

❖ It is not difficult.

英語基礎不熟，與外國人交談時，就得事先反覆思考，把自己想說的話從中文翻譯成英文，等到有把握了，才敢張口說。可是要說的時候，又會因為不熟

練而說到一半就「卡住」。

其實，只要能熟練國中程度的英語，或本書所介紹的慢速英語，達到「熟悉」和「熟練」的地步，就能想說什麼就說什麼，進行一般交談也不成問題。

一次，一個研究生在某個展覽會場上想問現場的外國代表，想看看他們的公司在大陸有沒有辦事處或代理商。

他思考一陣子後，想用「Is there any representative in China？」這個句子去問。可是要去問的時候，卻因為說不出representative 一字的標準發音，使得外商聽了半天還是聽不懂他的問題。

其實，除了 **representative**，像 **agent**、**agency**、**office**、**branch**、**department**、**division**、**people** 等字都可以用來表達「**代理商**」這個意思，但是因為這些字彙在他的腦子裡還沒有熟到召之即來、脫口而出的地步，所以一著急就一個也想不起來了。

只要熟練最基本的英語基礎，就有無窮的威力

了。下面舉個例子：

　　一個大學助教為了提升英語會話能力，花了四、五年的時間唸英文，但是因為沒有從基礎著手，因此收效甚微。

　　後來他改用聽寫法，利用空閒時間，不看課文、逐字逐句地聽國中英語錄音帶，跟著錄音帶練習發音，把聽懂的內容一字不漏地寫出來。九個月以後，聽寫出一本厚厚的國中英語課文。

　　隨後他又用了四個月的時間，聽寫完高中英語。

　　他的英語獲得全面的進步：閱讀速度加快了，聽力進步了，敢說也會說了。在一次英語俱樂部的會話練習活動裡，被英文老師譽為「發音」最好的演講者。

　　他前後判若兩人，令那些不肯在國中英語上花功夫的人大為震驚。他很有感觸地說：「基礎太重要了。**沒有基礎，怎麼做都提升不了真正的實力！**」

❈ 英語基礎與高級技巧

　　無論是聽、說、讀、寫，基礎都是最重要的，它更是一切高級英語能力的地基。有了紮實的基礎，才有可能掌握高級技巧；沒有紮實的基礎，任何高級技巧都無從談起。

　　如何才能獲得紮實的英語基礎呢？最有效的方法就是「逐字逐句學」，力求「字字懂、句句懂」。這個過程並不輕鬆，意即打好基礎，是要下苦功的。

　　很多基礎不紮實的人，爲了應付迫在眉睫的考試，覺得「逐字逐句學」，力求「字字懂、句句懂」的成效太慢，因此一味地只學習各種應試技巧。

　　另外，還有不少人會認爲，考聽力時，不可能每個字都聽得懂、也沒有必要每個字都聽得懂。

　　基於這種錯誤的觀念，他們提升聽力的方法就是研究如何在無法完全聽懂的狀況下去「聽關鍵、抓大意」，甚至研究如何在根本完全聽不懂的情況下選擇正確答案。

　　是的，英語實力足夠的人，確實具有「聽關鍵、抓大意」和「一目十行」地抓住文章中心思想的能

力。參加聽力考試時，他們也能在規定的時間內聽懂每一個字。由於他們具有把握大綱、理解內容的能力，因此聽的時候並不把注意力局限在細微的字字句句上。

就跟聽中文一樣，我們能夠聽懂每一個字，也因此能夠抓住整篇內容的大意及關鍵，但是細節部分用了哪些字（例如：是用了「或許」還是「可能」？），我們倒不一定都能仔細記住。英語程度好的人聽英語，是「沒有每個字都刻意記住」，絕對不是「沒有每個字都聽懂」。

這種能力也是在長期的「逐字逐句學」，力求「字字懂、句句懂」的反覆練習過程中累積起來的，絕不是沒有下過苦功打下基礎的人所能體會和掌握的。

程度不好的人，錯把這種高級英語能力當作學習方法，想在基礎不紮實的情況下，硬生生地套用學會，結果就成了無源之水和無本之木。

這種做法所導致的結果，在聽力上就是「關鍵的沒有聽懂，聽懂的都不是關鍵」和「抓大意是瞎蒙胡謅」；在閱讀上，就是雲裡霧裡，茫茫然而不知所

云，更遑論抓住文章的中心思想。

　　以這樣的方法學習，長時間下來也只能東鱗西爪地學到一些應試技巧，但是實際上的英語實力始終不會有真正的進步。這就是不少人會感嘆「越學程度越低」的根本原因。

　　想要真正地提升英語實力，只有按照**「逐字逐句學」**，力求**「字字懂、句句懂」**的要求去學，把看起來似乎是邊邊角角的次要問題逐一弄清楚以後，才會有進步，才會有突破。

 聽

❀ 關於聽力

◆聽比讀要難

　　到底是聽難還是閱讀難？這個問題的答案，視每個人的背景而有所不同。

　　英美國家的文盲有很好的聽力，但無法閱讀。對他們來說，閱讀比聽說難。

而缺乏英語環境與會話訓練的非英美國家人士，往往閱讀能力極佳，但聽力卻很差。對他們來說，聽比閱讀難。

很多已經能夠閱讀專業英語書籍雜誌的人，練習聽寫英語時卻困難重重，不是「聽不懂」就是「寫不出」，或是「寫不對」。為什麼會這樣呢？因為聽寫與閱讀有以下的區別：

1 聽與讀是兩種不同的能力

聽，是由耳朵把刺激送到大腦形成記憶；閱讀，是由眼睛把刺激送到大腦形成記憶。刺激的接收器官不同，處理刺激訊息的大腦部位也不同，所以聽力和閱讀是獨立存在的兩種能力。

2 聽與讀的對象不同

閱讀的對象是固定的、有形的。文章有層次分明的標題、章節和段落，句子也有清楚的主句、子句、單字和標點符號，因此文章的結構和含義比較容易理解和猜測。

此外，每個字都印得清清楚楚，哪個字會，哪個字不會，都一目了然。不會的字只要查字典就知道意

思了。

聽寫就不一樣了。它的對象是流動的、無形的聲音，未知的因素很多。哪裡到哪裡是一句話、哪裡到哪裡是一個字、聽得懂的字怎樣拼、哪個字又不懂等，都不是眼睛看得到的。

如果碰到聽不懂的字，就更困難複雜了。你必須反覆經歷聽（聲音）、猜（拼法）、查（字典）的過程，才能正確了解聽到的內容。

❸ 聽與讀的時間限制不同

閱讀文章，一般狀況下都可以從容不迫。快慢可以自己控制，看得懂就快一點，看不懂就慢一點。

想在哪個字、哪句話上停留多久就可以停留多久，一時看不懂、想不起來也可以慢慢推敲和回想，句子的含義更可以根據文法結構慢慢分析整理。而且你隨時可以回頭看前面的句子和段落，因此很容易就可以把文章的前後內容串連起來。

聽就是完全另外一回事了。即使你可以反覆地倒帶、重放，也不可能把聲音分解成一個字母一個字母。CD 的聲音不等人，不管你聽不聽得懂，它就是

這麼繼續說下去，由不得你。

在這麼緊迫的時間內，你還要立刻根據發音和文法判斷出每個字的意思，然後再把一串字串連起來以理解整句句子的意義。

如果是聽寫，那又是另外一種能力。經驗告訴我們，即使聽懂了，也不一定能正確地默寫出來。

4 幫助理解的輔助因素不同

書面的文章含有許多有助於理解的因素和線索，而聽則沒有。例如專有名詞（人名、地名等）是大寫的，讀者一看到就知道是專有名詞，不一定要花時間去查字典。

有些文章還有附圖或公式，所以即使文字敘述無法馬上看懂，也可以藉由附圖和公式的幫助去理解文字的含義。

又如一些具有特定字首、字尾的字，也很容易判斷出是從什麼字衍生出來。

但是，聽的時候，你看不到大寫的專有名詞，也看不到附圖，而有的衍生字發音與原來的字出入較大，也不易讓人產生聯想。例如：

知道了 **train** 的意思是「**訓練**」，也知道字尾 -ee 的意思是「**被……者**」，那麼閱讀文章時看到 **trainee** 這個字時，十之八九可以猜到它的意思是「**受訓人員**」。

但是對聽來說，情況就不一樣了。一個重音在前面，一個重音在後面，兩者聽起來好像完全沒有關係。其他像 accident 和 accidental 等，都有類似的情況。

同時，印在紙上的文章有清楚的段落、句子和單字，因此更容易抓住整篇文章的大意與關鍵字。而聽寫時，聲音轉瞬即逝，難以抓住關鍵和大意。

從以上的分析不難看出，對於習慣以書面教材學英文的人來說，「聽」的確比「閱讀」困難，對英語程度的要求也比「閱讀」高多了。如果說「熟悉」英語知識的人就能閱讀英文，那麼，聽英語則要求英語已經達到「熟練」的程度，以便一聽就懂。

單字量已達數千、能閱讀英文的人，**只要經過聽寫法的訓練，聽力就可以迅速提升**。因為反覆地聽寫會使大腦中負責聽和看（閱讀）的神經細胞之間建立

起新的連結。最後，每個單字的聲音與形體都會在大腦中合而為一，讓你一看到單字或句子，腦子裡就想起單字的發音或句子的語調；一聽到單字或句子，腦子裡就浮現出單字的拼法或句子的排列。

由此可知，對於習慣於從書面教材學習英語的台灣學生來說，**一旦把聽力訓練起來，閱讀能力也會大幅進步**，達到一目十行的境界。正因為這樣，使用聽寫法成功學好英語的人都說：「以『讀』攻『讀』攻不下，以『聽』攻『讀』是上策。」

關於英語，我們應該要有「看得懂不算全懂，還要聽得懂才算全懂」的觀念。

◆ 聽懂英語的動態過程

我們可以把「聽」的動作分成兩個過程：

❖ 接收聲波

❖ 理解聲波

英語聽力，指的是對英語聲波的理解力（listening comprehension）。

接收是聲波被耳殼接收後，引起鼓膜振動，最後

由聽覺神經傳送到大腦的聽覺中樞。任何一個聽覺正常的人，都能不需思考地完成此一接收過程。

理解是指大腦聽覺中樞接收到語言訊號後所進行的一系列活動：把聽到的語言訊號與原來已經儲存在大腦中的語言知識進行比對，然後進行解碼、辨認、分析、歸納等步驟，並在發音、文法和語義三個層次上理解它所表示的意義。

由於聽英語時，聲音訊號是一個接著一個成串地進入大腦，所以解碼、辨認、分析、歸納和理解的過程也是動態的。意即我們一邊聽，大腦就一邊在進行這些動作。

一開始，傳入腦子的訊息量不多，在此基礎上做出的辨認、分析、歸納和理解可能對，也可能不對。隨著接收到的訊息量逐漸增多，供辨認、分析、歸納和理解的訊息量也隨之增加，大腦會便會藉此對先前的理解結果進行核對，修正錯誤部分，並確認、補充和引申正確部分，直到正確地理解整個含義。

下面用圖4-1說明此動態過程。圖中的「解碼、理解」表示「解碼、辨認、分析、歸納和理解」的步驟。為便於分析，我們假定一個語音訊號由三部分組

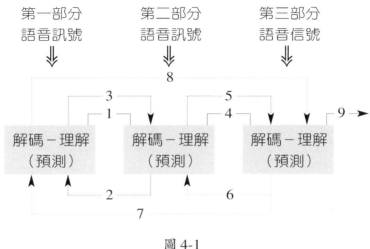

圖 4-1

成。

　　假定大腦根據第一部分語音訊號正確理解出的含義為 1。隨後再與第二部分語音訊號結合在一起進行分析判斷，正確理解出其含義為 4。再與之後聽到的第三部分語音訊號結合在一起，正確理解其含義為 9。

　　如果在聽到第二部分時，發現根據第一部分語音訊號得到的理解 1 有誤或不完善，便需要把補充訊息 2 與先前聽到的第一部分語音訊號綜相結合，重新進行分析判斷，理解出其含義應為 3。再把 3 與聽到的第二部分語音訊號綜合在一起，重新理解出其含義為 5。

5 再與聽到的第三部分語音訊號綜合在一起分析判斷，如果發現理解3與5有誤或不完善，需要把補充資訊6和7與先前聽到第一部分和第二部分語音訊號綜合在一起，再進行分析判斷，得出最後理解為9。

如果理解9不正確或不完善，就需要重新分析判斷，直到正確理解為止。

如果輸入大腦的語音訊號不完整（例如收音不清或雜音干擾），甚至有錯（例如主播或錄音員口誤），便需要在動態理解過程中對其進行糾正與補充。

人腦的思考活動是積極主動的，隨著英語程度的提升和背景知識的積累，分析判斷的速度會加快，因而能在理解已經輸入腦子的語言訊號的同時，預測隨後會出現的語音訊號。所以圖4-1中的1、3、4、5、8，也包含對隨後出現的語音訊號的預測。

如果預測正確，又能更進一步地加快對隨後輸入的語音訊號的分析判斷過程，進而騰出更多的時間整體性地分析、判斷整個訊息，以提升理解的準確性。

如果預測的不正確，便會聚精會神地去聽隨後出現的內容、修正原先的判斷，並準確地理解整個語音訊號的含義。

上面分析的過程不但適用於一句話、一條完整的新聞或短文，也適用於單字和片語。

以聽一個單字為例，如果由於連音等原因，使得大腦無法僅根據該單字的聲音進行正確的理解，便只有在再次聽到該單字、或與前後的字或整句的意思結合在一起時，才能正確地理解。

實際上人腦對於聽到的語音訊號的解碼、辨認、分析和歸納，和在發音、文法和語義三個層次上理解其意義的動態過程非常複雜：有縱向處理，也有橫向處理；有多次的回饋小環路，也有多次的回饋大環路，直到最後得出正確結論為止。

下面以一個具體的例子來說明這個動態過程。

Ministers of six countries concerned with development of **Yugoslavia**, the so-called contact group meet in London Monday morning to discuss the crisis in **Kosovo**.

這段新聞中只有 Yugoslavia 與 Kosovo 兩個單字是專有名詞，其他的單字都是很普通常見的字。

但是當時那群聽的學生都缺乏基本的聽力訓練，因此只能斷斷續續地聽到幾個單字，根本無法說出新聞的大意，而且紛紛抱怨說這條新聞太長了（實際上也只有10秒的長度），要分段聽。

於是我錄製出三段不同長度的版本，每段又反覆播放10遍：

(1) Ministers of six countries **concerned** with development of Yugoslavia

(2) Ministers of six countries **concerned** with development of Yugoslavia, the so-**called contact group**

(3) Ministers of six countries **concerned** with development of Yugoslavia, the so-**called contact group** meet in London Monday morning to discuss the crisis in Kosovo.

第一段版本聽了許多遍以後，有的人由於文法不熟練，錯把其中的 **concerned** 一字當成動詞，將整句誤解為「六個國家的部長們關心南斯拉夫事態的發展」。

在這樣錯誤的基礎上接著聽第二段時，由於聽不懂 **contact group** 這個補充形容六個國家部長身分的短語，於是又把 **called** 與 **contact** 當作動詞，把整句話誤解爲「六個國家的部長們關心南斯拉夫事態的發展，要求（called）與接觸（contact）組織（group）」。

而幾個已經能聽懂慢速英語新聞並堅持天天聽的人，聽了兩遍就正確理解整段新聞的內容。因爲他們在前幾天的新聞中，就聽到科索夫省的阿爾巴尼亞族平民，與塞爾維亞族軍警發生衝突，也知道有一個由美國、俄國、英國、法國、德國和義大利六國組成的**聯絡小組（contact group）**。

持續聽英語新聞還可以增加自己的背景知識，而有了豐富的背景知識以後，就更容易預測後面可能會出現的語音訊號。延續剛才的例子：

持續聽新聞的人，便知道當時的最熱門的新聞就是南斯拉夫科索夫省的塞族警察與少數民族阿爾巴尼亞武裝分子的衝突，而且也知道聯絡小

組的六個組成國，預定要在英國倫敦開會討論科索夫的衝突。

有了這樣的背景知識，聽到 Ministers of six countries concerned with development of Yugoslavia, the so-called 後，就可以猜到下面接著的是 contact group ，聽了 meet in London Monday morning 後，也可以猜到下面會是 to discuss the crisis in Kosovo 。

有了這樣的能力，聽英語便不是被動而緊張地理解聽到的語音訊號，而是輕鬆地等待語音訊號來驗證自己的預測，根本不會覺得速度太快。

如果沒有這些背景知識，即使每一個字都聽懂了，也可能理解不了 contact group 、ethnic Albanian separatist 以及 Kosovo 等字的含義，因此也無法理解這整句話，更會感到生字很多、速度太快。

◆能聽懂中文，就能聽懂英文！

不論是中文或英文，大腦接收、理解語音訊息的過程與作用都是一樣的。

我們從小就在生活在中文環境，腦子裡已經累積了非常豐富的中文知識，而且已經熟練到了召之即來的地步，所以能夠輕鬆地聽懂中文。可是我們並未刻意進行過任何中文聽力訓練啊！究其原因，無非是熟悉與熟練。

　　我們都應該要有這樣的信心：「能聽懂中文，就能聽懂英文！」中文尚且被認為比英文更難學、更複雜，那為什麼我們可以輕鬆聽懂中文，卻聽不懂英文呢？說到底，不過是缺乏練習罷了。只要練習，就可以獲得更強的聽力。

　　對於已經具有相當的字彙量與文法知識的人來說，聽力是一項多練習就能獲得的反應能力，根本不需要像學數學、物理、化學那樣絞盡腦汁去思考、去問為什麼。由此可見，聽力並不是一項多難培養的能力。

❀ 為什麼聽不懂？

　　從圖4-1可以看出，對於一個聽覺正常的人來說，聽不懂的原因主要是：

❖ 反應速度慢（解碼、辨認、分析、歸納與理解
的速度慢）

❖ 語言知識不足

❖ 背景知識不足

其中反應速度的快慢，又取決於語言知識及背景
知識的多寡。以下我們詳細討論這三個因素。

◆ 語言知識不足

語言知識不足的表現有很多種，主要有語音知識
不紮實、基本文法不紮實和字彙量不夠。

1 語音知識不紮實

紮實的語音知識是聽懂英語的基礎。準確地抓住
發音，即使是生字，也不難根據其發音從字典中找到
答案。反之，如果語音知識不夠，即使是自己會的字
也不一定能聽懂，更不用說真正的生字了。

很多人在學英語的過程中缺乏足夠的發音訓練，
雖然記住了上千個或上萬個單字和大量文法知識，可
以閱讀書面文章，卻聽不懂用字量只有 1,500 多個的
慢速英語。

語音知識不紮實的表現會有：

【1】發音不正確或根本不會唸

很多人腦子裡的英語單字是「聲音」與「形體」脫節的，只記住單字的拼寫形狀而沒有正確的聲音印象，不是不會讀就是讀得不對。他們能夠根據書面的拼法認出單字，但是聽到正確發音的單字，卻會因為與腦子裡的不正確發音不一致，而以為是生字。例如：

4
你該養成的能力

❖ 原句 unfertilized male flies

原句 a photo mail flies

❖ 原句 Hitler challenged both the idea of democracy and the security of some of America's closest allies.

誤聽 Hitler challenged both the idea of Marxism and the security of some of America's coast lines.

❖ 原句 The assassination was planned by foreign intelligent agency with help from local traitors.

> 誤聽 The assassination was planned by foreign intelligent agency with help from local traders.

重音是否正確對於聽力的影響極大。有人能聽懂 resign ，但聽到 resignation 時便因為重音位置改變而聽不懂。

【2】單字發音不熟練

雖然發音正確，但是沒有熟練到能立即反應的程度，往往聽懂以後還需要思考一段時間才能明白其含義，因此會覺得應接不暇而聽不懂。

【3】不適應連音

尤其是不適應外國人道道地地的連音。初學者在聽寫時常常聽不懂外國人的英語，但若由中國人重複一遍，就有可能聽懂。其中的原因便是不適應連音。

我們增進英語聽力的目的是為了聽外國人講英語，而不是為了聽懂中國人說英語，所以一定要以能聽懂原聲英語為目標。

由於不適應連音，常常會把兩個字誤以為是一個

字，例如：

- ❖ 原句 a part
  誤聽 apart
- ❖ 原句 a special
  誤聽 especial
- ❖ 原句 underground
  誤聽 under the ground
- ❖ 原句 especially
  誤聽 a specially

【4】掐頭去尾

聽力程度不足，常常會因為不適應弱讀而形成掐頭去尾現象。例如：

- ❖ 原句 set up <u>tent</u> cities
  誤聽 set up <u>ten</u> cities
- ❖ 原句 <u>freeze</u> the nuclear program
  誤聽 <u>free</u> the nuclear program
- ❖ 原句 <u>a</u>trocity
  誤聽 trocity

【5】聽不出弱讀的字

介詞、冠詞、連接詞、助動詞（a、an、the、of、in、at、or、is、was…）等，在標準英語中都會弱讀，既輕又快、一帶而過。初學者很難聽出來，也增加了聽寫的困難。

我在批改初學者的聽寫記錄後，向他們指出這類詞沒有聽寫出來時，他們的第一個反應都是：「有嗎？」但是有了這樣的疑問後去聽，才覺得那裡好像是有一個字，再反覆聽上幾遍以後，慢慢就真的聽出來了。初聽似沒有，越聽越有、越聽越像、越聽越是。

沒有實際聽寫、親身經歷過的人很難相信這一點，總認為這些簡單的字應該是最容易聽出來的。其實不然。而且，能否聽出這些字還是衡量英語聽力一個很重要的標準。

解決這個問題的方法就是多聽、多練習，久而久之就習慣了。一旦能聽出這些字時，若是別人問你是怎麼樣聽出來的，你的回答可能是：「我就是聽到了。」不一定能說出什麼所以然來。到了這個境界，表示你已經適應這些字的弱讀，聽力也到達一個新層

次了。

【6】分辨不出各種前綴、後綴

很大一部分的英語字彙是從基本的單字加上前綴
（如 **mis-**、**un-**、**sub-** 等）或後綴（如 **-ful**、**-ness**、
-tion 等）後衍生出來的。如果不熟悉加前後綴的規
律，許多可以望字生義的字也成了生字。例如：

> 知道 **marine** 的意思是「**海的**」，way 的意思
> 是「路」，但是不知道前綴 **sub** 的意思是「**下面**
> **的**」，聽到 **submarine** 和 **subway** 時，就不知道他
> 們分別是「**潛水艇**」和「**地下鐵路**」。

② 基本文法不紮實

如果基本文法不紮實，即使整句話都正確地聽出
來了，也會因為搞不清楚文法關係、分不出主句和子
句，而無法聽懂。

因此，練習聽寫時要訓練的另一項能力，便是有
意識地根據內容將聽到的聲音分段、斷句和加注標點
符號。其實，這也是英語程度高低的表現。程度不足
的人寫出來的內容，往往不分句、不分段，不但使內

4
你該養成的能力

容更難以理解，更難以發現錯誤。

　　也許有人會問，只有聲音沒有文字，怎麼知道自己分的段、斷的句和加的標點符號是對的呢？

　　其實這個問題並不難解決。只要自己分的段、斷的句和加的標點符號不影響對於內容的理解，一般說來就是可以接受的。

　　如果還沒有把握，可以請英語更好的人檢查一下，看看是不是正確。如果不正確，就要好好地分析和檢討。

　　當然，如果你是用附有原文的CD練習聽寫，可以聽寫完了以後再與原文對照，看看自己分段、斷句和加標點符號的準確性如何。

　　如果自己的分段、斷句和標點符號在大體上都是正確的，便表示自己已經具有相當的英語實力了。

3 字彙量不夠

　　字彙量不夠也會有很多種表現，例如：

【1】對單字的認知太狹窄

　　單字寫出來能夠認得，也能正確地唸出來，但因為對字義的認知太狹窄而聽不懂。例如：

知道 free 的意思是「**自由的**」，不知道還可以作「**免費的**」解，那就會聽不懂下面的英語：

❖ The windmill costs money of course, but the wind itself is **free**.

【2】懂的片語不夠多

認得一個個寫出來的單字，能正確地唸出來，也知道其字義，但和其他的字組成片語後，就不知道是什麼意思了。例如：

知道 give、in、up 的意思，但是不知道**give in** 的意思是「**屈服、讓步**」，**give up** 的意思是「**停止、拋棄**」，所以聽到片語會一頭霧水。

【3】不熟悉不規則變化的動詞或名詞

不熟悉不規則變化的動詞和名詞，不僅不能「脫口而出」，聽到了更不知道是從哪個字變化而來的，還誤以為是生字。

【4】字彙不足

認識的單字的確太少，因此常常碰到生字，這是幾乎所有初學者都會遇到的問題。

　　根據我的經驗，對於具有高中英語程度的人來說，在開始聽寫慢速英語時碰到的「生字」中，70％是由前三種原因造成的，而真正是生字的只有30％。

◆ 背景知識不足

1 背景知識很重要

　　聽英語新聞、看英語節目、電影、書籍、雜誌、甚至是與英美人士交流，背景知識都扮演了很重要的角色。背景知識不足，往往會造成理解上的、甚至溝通上的困難。例如：

❖ 幾年前有一則新聞報導美國白宮遭槍擊後，由 **Treasury Secretary**（財政部長）出面處理此事。我覺得很納悶。後來才知道，基於歷史因素，財政部長負責保護總統的祕密任務。

❖ 又如1998年11月有一則新聞如下：

Turkey is pressing Italy to extradite the Turkish Kurdish guerrilla leader Abdullah Ocalan who was arrested on Tuesday. Turkey said it will **abolish the death penalty** to persuade Italy to **hand** him **over**.

　爲什麼**引渡**與否與**廢除死刑**有關？因爲義大利的法律規定，凡是引渡以後要處死刑的人，都不能引渡。不了解這個背景，就無法理解這則新聞。

❖ 某項英語考試的聽力測驗，使用了 **software**（軟體）、**hardware**（硬體）、**phonetic processing system**（語音處理系統）等電腦相關字彙。如果聽不懂這些字，勢必會影響對話的理解程度與答題的準確性。

❖ 另外一個聽力測驗講到了 George Orwell（喬治‧歐威爾）。如果考生知道 Orwell 這個人的身世和他的觀點，聽的時候心情一定比較放鬆，也更容易聽懂。反之，如果從來沒有聽說過 Orwell 這個人，聽的時候一定心情緊張，也增加了理解大意和正確答題的困難度。

❖ 同樣也是英語考試的聽力測驗，提到了美國圖書館電腦室外面有 **laser printer**（雷射印表機）和 **matrix printer**（點矩陣印表機），前者要收費，後者則是免費的。如果不了解何為 laser printer 和 matrix printer，恐怕也難以理解為什麼一個要收費，另一個不收費。

② 背景知識不足不是藉口

一般說來，台灣學生，尤其是大學生，已經具備了學習英語和應付考試所需要的背景知識。因此，討論背景知識對於聽力理解造成的影響時，不要把背景知識不足當成為聽力不好的藉口，把主要是因為聽力不熟練造成的結果統統歸咎於背景知識不足。

各種教學 CD 或是考試的聽力測驗，對大部分聽眾不熟悉的背景知識都會做出足夠的解釋，很少有「隱含」的背景知識，否則聽力考試就不是在考聽力的好壞，而是考背景知識的多少。

因此，只要是具有中學以上的文化程度，平時注意時事、並非離群索居、不問世事的人，聽不懂英語的主要原因都是因為聽力真的不好，而不是背景知識不足。

3 背景知識靠平時累積

　　學英語的確可以增加背景知識，但擴展背景知識的主要途徑並不是英文課，而是要靠學習其他的事物，及平時多方涉獵、看報紙、聽新聞累積起來的。

◆ 反應速度慢

　　從圖 4-1（見 165 頁）可知，理解英語的反應速度取決於解碼、辨認、分析、歸納與理解的速度。而解碼、辨認、分析、歸納與理解的速度則取決個人對單字、片語、文法等（即語言知識）的熟練程度、背景知識的多寡和邏輯分析能力的強弱。

1 單字不熟練

　　不少單從書面教材開始學英語的人，是一個字母一個字母地記憶每個單字的拼法，一個音標一個音標地記憶每一個單字的發音。他們聽到英語時，腦子裡會進行以下「聲音 → 音標 → 拼法」的思考過程：

　　❖ 想出與這個聲音對應的音標組合
　　❖ 根據音標組合找到對應的單字

很顯然地，這個過程延緩了對於聲音的反應速度，是提升聽力的第一道障礙。只要對於單字的熟稔程度達到了「熟練」的地步，這個障礙就消除了。而對於一開始就以聽聲音的方式學英語、而不記憶書面音標的人（例如幼兒）來說，他們的腦子裡根本沒有這兩個思考過程。

2 不習慣英文文法結構

英語的表達方式與中文不同，不少英語的表達方式，相對於中文就成了「倒序」。

但只要對於單字、片語與基本文法達到了「熟練」的地步，單字、片語和較短的句子多很快就能翻譯出來，做到「即聽即譯即懂」，也不會有來不及翻譯的感覺。

但是如果不適應英語的文法結構，碰到如上述較長較複雜的句子時，翻譯時牽涉到更多的單字、片語和大範圍的字序調整，所需要的時間就比較長，因此難以做到「即聽即譯即懂」，也會有來不及翻譯的感覺。

提升聽力的關鍵，就是適應英語的文法結構。即

使聽的時候，對每一個局部都不自覺地進行了翻譯，只要不把英文文法結構轉換為中文文法結構，就可少一次費時的翻譯過程，就可以使自己的思緒與聽到的聲音同步。例如：

> Mr. Hassan, the commander of the only police station in Kismal was killed while trying to clear gunmen away from the airfield where a Red Cross plane carrying relief supplies was due to land.

> 先生 Hassan ，Kismal 唯一的一個警察站的指揮官，被殺，（是在）試圖把槍手從機場清除出去時（被殺的），那裡一架紅十字會的飛機，攜帶救援物資，預定要降落。

很顯然這樣的文法和字序是完全不符合中文習慣的，但是如果已經習慣於英文文法，就可以完全正確地理解以上按照英文文法排列的中文句子，做到「即聽即懂」。

3 背景知識不足

背景知識不足時，儘管訊息的載體是中文，也可能發生每個字都認得、每句話都聽得懂，但是卻不能立即理解其含義的狀況，需要反覆思考、分析歸納、甚至查詢相關資料，才能完全理解與掌握。原因無他，便是背景知識不足。例如：

> Einstein said that the speed of light—three-hundred-thousand kilometers a second—never changes. It does not matter where the light is coming from, or who is measuring its speed. It is always the same. **However, time can change. And mass can change. And length can change.**
>
> 不懂相對論的人，即使從語音和文法結構上完全聽懂了最後一句話，恐怕還是難以真正明白它的含義。這種問題的產生，牽涉到的便是背景知識的多寡。

4 如何加快反應速度

以下幾種做法有利於加快聽英語時的反應速度：

【1】 反覆聽

　　爲了「耳熟」，應該反反覆覆地聽英語，CD 也好、廣播也好。不但學習時聽、休息時聽、坐車時聽、做家務事時也可以聽。總之，要有一有空就聽的毅力。有時雖然只能「大概地聽」，或是也不一定能聽懂什麼，也沒有關係。重要的是讓自己聽到英語，使自己的耳朵適應英語發音，使自己的思考方式適應英語習慣。

　　除了多聽以外，很重要的一點就是要習慣英語的表達方式。其實倒序與正序是相對的，從英語的角度來看，中文的表達方式不也是倒序的嗎？一旦思考方式適應了英語習慣，覺得英語的倒序方式也很順暢，聽 CD 、聽廣播的時候，思考活動便能與聲音同步，聽到就能理解。

【2】 覆述

　　邊聽邊快速記下關鍵字。你可以用自己認定的各種縮寫和符號代替這些字，例如：用 **gt** 代表 **government** 、 **T** 代表 **Taiwan** 、 **PM** 代表 **Prime Minister** 等。內容聽完一遍後，邊看記錄邊用英語重

複說出所聽到的內容。

　　練習時要以整段內容為單位，從頭到尾放一遍，而不要只放聽不懂的部分，以便鍛鍊從整段內容抓大意的能力。

　　多做這樣的練習，有助於使思考方式適應倒序的英語表達方式。

【3】熟記單字的搭配習慣

　　熟悉單字間的搭配習慣，非常有助於適應語速極快的英語。例如：對於to be quoted as saying、to be aimed at、to be charged of、to be accused of、to be assigned（dismissed, fired, nominated）as 等搭配很熟悉時，在聽完前面的一、兩個字以後，就能夠提前想到下面要說出來的字。這樣，思路不僅能跟上聲音，甚至還能提前，也不會感到語速太快了。

【4】直接以英文記憶

　　接觸到國外的人名與地名時，直接以英語記憶，不要去考慮它們的中文譯名是什麼。例如：直接記住**Iraq**、**Palestine**、**Koizumi Junitiro**，而不要考慮它們的中文譯名為「**伊拉克**」、「**巴勒斯坦**」、「**小泉純**

一郎」（現任日本首相）等。這樣聽到這些名字時，腦子裡就少一次從英語翻譯成中文的過程。

【5】適應英文數字

由於中文的計數方式與英文的計數方式有別，常常會嚴重影響聽懂英語的時效性。為了增進聽英語時的反應速度，除了多聽以外，應該逐步適應和接受英文數字。

例如：聽到 three hundred million 時，就按 three hundred million 去理解，不要翻譯成「三百個百萬」，更不要翻譯成「三億」。

【6】充分利用多餘的資訊

英語新聞在報導某個人或某個機構說了什麼或做了什麼時，除了會唸出其名字或名稱外，通常還會唸出其全部的頭銜或該機構的職責。

單從獲得資訊的的角度來看，這些都是多餘的資訊。但是若能充分利用這些多餘的資訊，熟悉經常出現於新聞中的人物和機構的姓名與頭銜以後，聽新聞就容易多了，因為只要聽懂其中的一部分，就能夠立即聯想到隨後的內容。

　　例如對John D. Negroponte, US Representative to the United Nations 一串九個字非常熟悉後，聽新聞時聽到John D. Negroponte 三個字，腦子裡馬上就會聯想到他是US Representitive to the United Nations，也可以以較輕鬆的心情聽後面的六個字。此時不但可以稍微「分心」去推敲前面已經聽懂的內容，也不會感到語速太快了。

　　其實說穿了，這幾種方法的目的都在把中文知識與英文知識融為一體。

　　我們的腦子是一個容量和功能無比強大的資訊網。開始學習另一種語言，如英語時，整個資訊網便產生了兩個子網：中文子網與英語子網。每個子網具有獨立的處理能力，不同子網之間也會進行資訊的交換。

　　學英語之前，整個網的資訊都是儲存在中文子網裡的。其中包括小學、中學或大學裡學到的各種自然科學與社會科學知識。

　　學習英語的過程，就是建立英語子網，並在兩個子網之間建立交換資訊的管道。剛開始時，由於英語

子網上的資訊很少，獨立處理能力極低，因此理解任何一個英語資訊（如英語單字的含義）都離不開中文子網的幫助，意即離不開用中文思考。

例如：還沒學英語時我們就已經知道日本的首都是東京，學習英語以後知道「**東京**」的英語為 **Tokyo**。因此，聽到「東京」，就會聯想想到 Tokyo，聽到 Tokyo，就會聯想到「東京」。

對於沒有對應中文的英語資訊，則不論你的英語程度如何，都不得不直接用英語思考。例如：從英語新聞聽到 2002 年的世界盃足球賽決賽在日本的 Yokohama 市舉辦。如果不知道 **Yokohama** 的中文為「**橫濱**」，聽到 Yokohama 時就不會用中文去思考，頂多在理解時以中文輔助：「這是日本的一個城市」。

隨著學到的英語知識的越來越多、越來越熟練，尤其是直接以英語接受的資訊越來越多，英語子網獨立處理資訊的能力也隨之擴大和增強。慢慢地，在理解某些英語資訊時便自然而然不需要求助於中文子網。也就是說，可以直接用英語思考。

對於母語為中文、生活在中文環境的人來說，英語子網所含的資訊，不管在容量或品質上，恐怕永遠

都無法跟中文子網相比。因為，理解英語資訊所需要的各種背景知識大部分都儲存於中文子網裡，所以即使英語非常熟練，也離不開中文子網的輔助。

例如有關科索夫的英語新聞，涉及到大量有關巴爾幹地區的民族、歷史、地理、政治和文化方面的背景知識。這些背景知識絕大部分都儲存在中文子網裡，或者是中學時學世界地理、歷史時獲得的、或者是從中文的新聞媒體獲得的。只有求助於中文子網，才能完全理解聽到的英語新聞。

所以，我們不要籠統地認為中文思考對聽力只有負面的影響，也不要武斷地主張完全不用中文思考。在英語程度和中文程度相差甚鉅的情況下，不用中文思考，就等於不思考。

英語程度提升到「熟練」的程度以後，兩個子網之間的資訊交換，不只容量大、速度也快。到了這個地步，即可認為中文知識與英文知識已經融合為一體。

到達這個境界以後，如果又生活在英語環境中，英語子網的功能與容量會迅速增強與擴大，理解英語時中文的影響也會越來越少。隨著直接以英語方式輸

入與儲存的資訊日益增多，理解英語資訊幾乎可以完全擺脫中文的影響。

◆ **聽不懂應該高興！**

英語程度是在問題一個個被發現與解決的過程中一步步提升的。發現不了問題，就找不到進步的方向；發現了問題不加以解決，就不可能進步。提升英語聽力的過程猶如登山，聽不懂的地方就是登上新高度的台階。只有登上這個台階，把聽不懂的地方弄懂了，英語程度才會有所提升。

有了這樣的認識，聽不懂就就會高興、精神也會隨之振作起來，因為又找到了進步的方向。

如果因為急躁不耐煩，聽不懂時繞過去，不去探究，就錯過了提升聽力的大好機會。

❀ 「逐字逐句學」── 增進聽力的不二法門

說到用「逐字逐句學」的方法增進聽力時，程度不同的人會有不同的看法。有的人認為：「考聽力時，不可能逐字逐句都聽得懂。」或「考聽力時，來

不及逐字逐句聽。」有的人則認為：「考聽力時，沒有必要去逐字逐句聽，只要聽關鍵字、抓住大意就可以了。」

實際生活中聽英語時（實況新聞報導、講電話或與人對話），由於種種原因（外來干擾、說話含糊或口誤等），有時確實「不能逐字逐句都聽得懂」。

但是一般說來，教學或考試所用的聽力材料，都是聲音清晰、沒有干擾和口誤的。只要具有相當的程度，一定來得及、一定能夠「逐字逐句都聽懂」。如果聽此類材料都感到「不可能」和「來不及」，只是顯示聽力的不足。

程度低的人唯有以逐字逐句學的方法，紮紮實實地打好基礎以後，才有可能體會和掌握「抓大意」和「聽關鍵」的要領，千萬不要把終點當起點、把能力當方法。

◆ 逐字逐句學

英語程度不好的人即使聽寫語速緩慢、用字淺顯與文法簡單的慢速英語，由於能力差，即使聚精會神地聽完一則新聞或一篇短文，聽到的可能也只是斷斷

續續的幾個單字（而且往往不是關鍵字）。而且因為聽不懂的地方太多，也無法準確地說出來到底什麼地方聽不懂。不但一則新聞或一篇短文聽不懂，往往連一句話也聽不懂，每聽幾個字就會「卡住」。

再來，由於不適應連音等，有時甚至分不清一句話裡有幾個字、一個字裡有幾個音節，因此聽寫時非常緊張，結果越緊張越聽不懂。要想聽懂，只有靜下心來，老老實實地逐字逐句學。

有些程度不好的人認為考試（如托福）前的準備時間有限，逐字逐句學太花時間，因此往往採取這樣的方法做大量的模擬試題：一邊聽CD，一邊看題目，在聽不懂的情況下憑著感覺選一個答案，然後就去對答案。結果選出來的答案十題有八、九題不對，在感嘆一聲「呀！又不對」之後，又繼續去猜下一題。如此不斷循環，時間花去不少，程度還是沒有提升。

表面上看來，逐字逐句學似乎是不得已而為之的辦法，但事實上，它是快速提升英語實力（尤其是聽力）的最有效途徑。我多年的教學經驗更證明，凡是在練習聽寫慢速英語時，紮紮實實地以逐字逐句學的

方法打好基礎的人，轉聽一般英語時都非常順利，反之，則感到困難重重。

◆防止假象的產生

英語程度不足的人若在起步階段也用「抓關鍵字」和「聽懂大意」的方法學習慢速英語，模模糊糊地覺得自己似乎能「抓住關鍵字」和「聽懂大意」，就不會把聽懂的字寫下來，也不深究每一個聽不懂的字。甚至自以為「能全部聽懂」。

我對此曾進行過詳細的調查，結果發現他們的所謂「抓住了關鍵字」和「聽懂了大意」都是假象。他們往往先在別的地方（如中文新聞）了解到新聞大意，之後聽英語新聞時，只要聽到幾個與自己想像中的新聞內容相對應的英語單字（還不一定是關鍵字），就連蒙帶猜地把新聞聽到底，還認為自己「聽懂了大意」。其實就英語本身而言，他們並沒有完全聽懂，甚至大部分都不懂。

有一個研究生，兩年多來天天收聽英語新聞廣播。他覺得自己幾乎都能聽懂，可是聽力又好像沒有明顯的進步，便請我幫他找出原因。

我讓他聽當天的一段新聞，新聞內容是某國領導人訪問法國巴黎並會見當時法國總統密特朗。他依據從中文新聞得到的資訊，再結合英語新聞裡能聽懂的單字（如 president、visit 和 Paris 等），稍加思索以後就正確地講出新聞的大意。

　　但是我要他逐字逐句去聽寫時，他才發現自己有些字雖然聽懂了，卻不會寫、或拼得不對，而不少「聽懂」的地方實際上跟本沒有聽懂。

　　從此以後他下定決心按照聽寫法的要求，逐字逐句聽寫慢速英語，不到半年就進步到能聽一般的英語廣播了。

為了防止假象的產生，逐字逐句地學時，務必一絲不苟，力求字字對、句句懂，即使是使用頻率很低的生僻字彙也不要放過，千萬不要貪圖快速。

同時，聽寫時不要沾沾自喜於聽懂的部分，而置聽不懂的部分於不顧。越是聽寫不出來的地方越要盯住不放，因為正是這些字妨礙著你，弄懂一個就少一個「攔路虎」，英語實力就往上一步。

◆力求「字字對、句句對」

有一定英語程度的人，在開始始用聽寫法學英語時，可能會覺得自己已經「字字懂、句句懂」了，但是不是能「字字對、句句對」呢？不一定。

我曾經遇過這樣的讀者，他們英語程度都不錯，有的甚至還在各種英語競賽中得過獎，但是在聽寫慢速英語時，竟然固定地把一些常用字都拼錯了（絕不是筆誤），例如把 Wednesday 拼成 Wenesday，把 decide 和 decision 拼成 deside 和 desision 等，數量之多，令人不解。後來一問才知道，他們從國中開始學英語以來，就一直都是這樣拼的。

雖然他們的聽力不錯，但是這樣的基本單字都拼錯了，也不能不說是一種缺陷。

為了發現和彌補這樣的缺陷，英語程度已經不錯的人，開始練習聽寫後，要特別注意查字典，看看自己有把握的字是不是都拼對了，而不要一個勁地寫呀寫的，把自己的錯誤拼法或錯誤理解又牢牢地固定起來了。

就像有一位初學者，聽力還不錯，聽寫出了 run

<u>of</u> vote 和 <u>run of</u> election 等詞後，覺得還挺順的，就懶得查字典。一年以後，才發現正確的拼法應該是 <u>runoff</u> vote 和 <u>runoff</u> election 。

為了確保聽寫結果字字對、句句懂，要充分發揮「想」的作用。仔細想想聽寫的結果是否正確，不要放過任何一個微小的疑問。例如：

4 你該養成的能力

| 原句 | Opposing groups in Liberia have reached a <u>truce</u> agreement. |

利比利亞境內互相對立的派別達成了一項<u>停火</u>協議。

| 誤聽 | Opposing groups in Liberia have reached a <u>truth</u> agreement. |

利比利亞境內互相的對立派別達成了一項<u>真理</u>協議。

把 truce 一字錯聽成 truth ，結果整句都不對了。

或許 truce 與 truth 兩字單獨唸時，較易讓人分清 -ce 與 -th 在發音上的區別，但是放在句子裡，因為受到前後字的影響，就比較難區分，所以把 truce 聽成 truth 也情有可原。但是再仔細一想，意思根本講

199

不通,這時就要懷疑它可能是不對的,然後設法尋找合適的字。只要 tru- 的音沒聽錯,就不難找到 truce 這個字。

所以,稍有疑問就「自以為非」,是減少聽寫錯誤和增進聽力很重要的一環。那種只顧聽寫的進度,而不肯花功夫去推敲聽寫結果正確與否的做法是非常不可取的。

只有力求字字對、句句對,才能學到更多的英語知識。例如:

> 原句 He was arrested and held <u>incommunicado</u>.
> 　　　他被逮捕並單獨監禁。
>
> 誤聽 He was arrested and held <u>in Communicado</u>.

把 incommunicado 一個字分成了 in Communicado 兩個字,並把 communicado 當成了地名,從文法上來看,好像也沒有什麼不通順的地方。但是,該則新聞從頭到尾都沒有提到這個地名,按照常理,也不會突然出現。後來再聽再查,才發現原來 incommunicado 是一個字。通過這樣的做法,可以極快速地擴大字彙量。

◆ 仔細地聽與大概地聽

以學習英語為出發點的角度來看，只要有可能坐下來聽寫和查字典，就應該仔細地、專心地聽。專注於某一段內容，逐字逐句學，透徹深入，不要泛泛地、大概地聽大意，否則很容易錯過讓英語進步的機會。

只有在不可能坐下來聽寫的時候（例如在火車上、飛機上，汽車上或散步時）才大概地聽。但是，就連大概地聽時，也可以注意抓住聽不懂的字，記住發音，用筆記下，並猜寫可能的拼法，事後再查字典確認。

◆ 逐字逐句學，考試也得意

逐字逐句聽寫，可以從根本上提升聽力，而且，如果你能把某段英文正確無誤地全部聽寫出來，就一定能輕鬆面對各種聽力考試。

但是，也有人認為進行聽力練習和考試時，根本「來不及字字聽懂」、「不可能字字聽懂」、也「沒有必要字字聽懂」，並把聽力練習的重點放在「即使聽

不懂，也能做出正確判斷和選擇」的應試技巧上。

聽力很好的人，實際聽英語或應試時，的確有能力做到「字字都聽懂」，因此能迅速過濾出哪些是關鍵字，哪些不是，並在這樣的過程當中抓住大意，做出正確的判斷和選擇。他們看起來是「沒有字字都聽懂」，事實上是「沒有字字都記住」（非關鍵字）。

但是對聽力不好的人來說，這種方法根本行不通。由於聽力差，在「來不及字字聽懂」和「不可能字字聽懂」的狀況下，根本過濾不出關鍵字，怎麼可能抓住大意，再做出正確的判斷和選擇呢？

花大量時間去練習「即使聽不懂，也能做出正確判斷和選擇」的應式技巧是沒有用的，只有在逐字逐句學的基礎上，紮紮實實地真正提升聽力才是出路。

◆隨時隨地、逐字逐句學

任何一種使用英語的場合與狀況，都值得你「逐字逐句學」。有時候，如考試時（考試也可以算是一種使用英語的場合），往往來不及逐字逐句學，甚至要在沒有完全理解的情況，連蒙帶猜地作答。不論答

案是否正確，對於沒有確實把握的內容，事後都應該想盡辦法把它們搞清楚，免得下次碰到同樣的內容還是不會。

四 說

❀ 模仿是學習語言的第一步

　　如同小孩子學母語主要是靠模仿一樣，我們學英語主要也是靠模仿。不過由於我們並不是生活在英語環境，不是隨時隨地都能聽到、看到可供模仿的字句，因此，**刻意地找英語教材去聽、去讀、去模仿，便是學習說英語的不二法門**。

　　讓我們回想一下我們學習中文的過程。我們在上小學前，都已經具備了相當的中文「聽」、「說」能力，想說什麼就能說什麼。但是即使在這麼堅強的「聽」、「說」能力的基礎上，都還要學習十幾年的中文。而國中、高中畢業時，又有多少人敢說自己已經熟練地掌握了中文呢？學習母語中文尚且如此，更何況是學習與中文屬於不同語系的英語呢？

唯有透過刻意地、認真地、大量地模仿，才有可能在非英語環境裡，習得相當的英語會話能力。有人認爲一味地模仿CD的內容訓練「說」的能力，有礙形成自己說話的風格和模式。其實，就跟學中文一樣，說話的風格與模式，追根究柢還是在模仿的基礎上逐步形成與發展的。

根據我的觀察，相當多的學生始終都沒有走完「模仿」這一步，有的甚至仍然處於「英語啞巴」的狀態。對他們來說，談得上有自己的說話風格和模式嗎？如果硬說他們有自己的風格與模式的話，那恐怕也是指英語啞巴的尷尬：好不容易說出了一句話，卻脫離不了中式英語，別人也不一定能聽得懂；或者是由於模仿不到家，而引起的非驢非馬或張冠李戴一類的笑話。

❀ 鼓起勇氣說！

不少英語其實學得不錯的人，對於「說」英語存在嚴重的恐懼感。他們視英語會話爲一道永遠無法克服的障礙，還說：「學了十幾年英語，考試成績也不錯，但是見了外國人一句話也說不了。」

　　這怎麼可能呢？國中與高中課本裡不是有許多對話嗎？難道一句都沒有記住嗎？難道連「What's your name?」、「Where do you come from?」等平常用語一句都不會說嗎？根本不可能。

　　發音正確、能朗讀英語的人，經過了中學和大學階段的學習，已經學了很多的英語，只是因為缺乏練習和應用而處於啞巴狀態。但是，只要「膽大心細」，很快就能獲得一定的會話能力。

　　「膽大」，就是敢說，尤其是敢在英語程度比自己好的人面前說。**「心細」，就是處處留心、處處學習**。留心自己剛才講的話哪裡有錯，下次就不會犯同樣的錯了；虛心向人請教學習，以改正自己的缺點、吸取別人的長處。

　　只要堅持這麼做，很快就可以擺脫英語啞巴的狀態。而一旦開了口，有了自信心以後，原來累積在腦子裡的無聲的英語，就會好像一下子都被活化似的，不知不覺、源源不絕地從嘴裡流出來了。

　　事實上，「說」還比「聽」容易。因為聽的時候，主動權在說話的人的手裡，他們並不會因為你聽不懂某些字或某些內容，而不用這些字或不講這些內

容。而你說英語時，內容是你熟悉的，用的字也是你熟悉的。

說英語並不難，只要鼓起勇氣，開口說就是了。但是想要達到隨心所欲的程度，絕非一日之功，關鍵便是「肯學習」與「會學習」。

✽ 肯學習、會學習

無論教材內容怎樣豐富和全面，學生都不可能在學校裡學到一生中要所有用到的知識。因為，一來上課的時間有限，二來世界一直在進步，知識也一直在發展。各種學科的情況是如此，英語也是如此。

很多人學了十幾年英語，碰到外國人問：「What do you usually have for breakfast?」卻因為不會用英語說「稀飯、饅頭」，而無法回答問題。

原因是課本裡沒有，課堂上也沒教過。不過，如果就因此主張課本應該要收錄steamed bread（**饅頭**）和porridge（**稀飯**）兩個字，那是不是也要收錄「油條」和「燒餅」呢？如果這些字全都要納入課本，那英語課本不就成了一本中英對照的食譜了嗎？

有些學生學了king（**國王**）、queen（**王后、女**

王），但是不知道「**總理**」是 **premier**。因此有人批評教材太舊了，需要更新。

我絕對贊成更新教材，盡可能在最短的時間內使學生學到最新、最有用的字。但是話說回來，學了「**總理**」的英語為 premier，是不是也要會說 **prime minister** 和 **chancellor** 呢？如果把 premier、prime minister、chancellor 都學會了，是不是「外交部長」、「內政部長」也都要知道呢？如果這些字全都要納入課本，那英語課本不就成了一本中英官銜對照表了嗎？

其實解決這些問題的著眼點，應該是培養學生「肯學習」與「會學習」的心態與能力。

「**肯學習**」是指有強烈的求知慾望，碰到不會說、聽不懂、看不懂的英語時，會想盡辦法把它弄清楚，不達目的絕不罷休。如果碰到外國人問：「What do you usually have for breakfast?」時不會用英語說「饅頭」、「稀飯」，就會立刻請教其他會說的人，並因此學會 steamed bread（饅頭）和 porridge（稀飯）。

已經掌握了基本英語知識的人，只要肯學習，學

會「說」英語並不是一件很困難的事。

「會學習」是指能透過自學獲取新的英語知識，不把自己禁錮在學校教科書的範圍內。如果碰到沒有學過的英語知識，就本能地想：「學校裡沒學過，不會。」結果必然是永遠都不會。

學校裡的學習主要是在打基礎，不可能所有的知識都在學校裡學會。世界在演變、知識在進步、語言在發展，要跟上時代的腳步，就要有終身學習的心態，時時學、事事學。

就如同前面提過的，英語新名詞層出不窮，不只課本更新的速度跟不上，甚至連字典收錄新字的腳步也跟不上。例如：**boot** 一字在課本裡學的意思是「**皮靴**」，但是在電腦領域裡卻作「**自我啟動**」解，而這個釋義在一般的辭典裡可能還找不到。而有些新出現的字，在國內都還沒有約定俗成的譯名。但是，這些對於那些肯學習和會學習的人來說，都不是很困難的問題，只要隨時留心注意與請教內行人就行了。

❀ 事先做好準備

「事先做好準備」是提高英語會話表現的重要關

鍵。在進入使用英語的場合前，若能仔細地先做些準備，會大有幫助。

　　一個碩士班學生，曾經向我訴說不能用英語表達自己想法的痛苦。她說她去參觀外國教育展，有許多問題要問，但是就是說不出來。學了十幾年的英語還是說不出口，她對自己的能力非常沒有信心。

　　其實她的發音相當標準，只要在參觀之前稍作準備，例如：要問什麼問題、用英語怎麼問、一時聽不懂時怎麼發問等，就能在參觀時順利地用英語表達了。

　　而且依樣多做幾次，一有說英語的場合就先做準備，然後盡量利用機會說英語，一定能大大地增加自信。

正是因為我們一般「說」英語的能力還沒有到達想說什麼就能說什麼的程度，所以在每一次「說」之前，都必須進行精心的準備。只有這樣，才有可能「說」出自己的想法，與外國人溝通與交流。

有的大學生會對求職過程中的英語面試沒有把

握，因為不知道應該怎麼用英語介紹自己。我總是建議他們事先進行準備。**只要發音正確標準、看著文字能夠朗讀，就能從容應對英語面試**，因為它不過就是把事先準備好的內容向面試的人重覆背誦一遍就是了。即使是中文的面試，不是也需要事先準備的嗎？

準備和不準備，會造成很大的差別。有了準備，不但能充分發揮自己的實力，在準備的過程中，也能再一次擴展英語知識、增進英語實力。

下面舉兩個實例：

❖ 例一：出國擔任翻譯

我第二次隨團出國訪問時，被指定擔任團裡的口譯人員。為了避免出錯，我開始進行詳細的準備。

那一次，我們要前往德國參觀一家公司。出國前，我仔細閱讀了我們要去看的通信設備的說明書。我把說明書逐字逐句地全部念了一遍，並把自己不熟悉的機械零件單字，例如：**washer**（墊圈）、**bolt**（螺栓）、**gasket**（密封圈）等逐一查了字典，再反覆背誦。

很有趣的是，那天德國專家為我們講解到一半時，便突然停了下來。他手裡拿著一個防止漏氣的橡膠密封圈，轉向另一個德國人，然後兩人就開始用德語互相討論。

　　我根據當時的情景，猜想可能是講解者一時想不起來橡膠密封圈的英語要怎麼說，便向他們求證他們的問題。在得到他們的肯定答覆後，我告訴他們，那個東西的英文叫做 gasket。

　　他們聽後驚奇地問：「你聽得懂德語嗎？」我回答說不懂，只是根據當時的情景猜測可能是卡在這個字上。

❖ 例二：直接用英語講解

　　我在大學任職時，有一次得知幾天後有外國人要來參觀我們的學院。

　　通常外國人來參觀時，都會由外文系的老師擔任翻譯，從頭陪到尾。我考慮到學院內的教師多具有碩士和博士學位，英語都學得不錯，便建議直接用英語講解，不再經過翻譯。

要求明確後，負責講解的人都很積極。他們把準備好的中文講稿自己翻譯成英語後，請外文系的老師修改、定稿，然後不斷大聲朗讀，直到熟練到能背的地步。

幾天後，外國人來參觀，他們按照事先準備的內容，從容地介紹與講解，順利地完成了任務。這件事情也使不少人從此不再畏懼說英語，有相關活動時更爭著當翻譯。

❀ 時時複習

英語會話要常常複習，即不斷地複習已經具有的會話能力。而**實際的會話，就是最好的複習**。即使經過努力，確定自己已經具有英語會話的能力，也不要以為從此可以一勞永逸地享受了。即使已經掌握住的英語能力，一段時間不用，也會逐漸遺忘。我對這一點就有很深刻的體會。

我在55歲以前一直不斷地「聽」、「說」老家的方言，所以家鄉方言的聽、說能力極強。後來我的母親去世，我就再也沒有機會接觸家鄉方

言了，從小養成的聽、說能力也逐漸衰退。

　　三年後我與老家親戚相會，只能大概聽懂他的話，自己更是說不出半句方言。聽、說方言的能力下降的幅度，大到令人難以置信的地步。

　　老家親戚非常不滿，因為他聽不懂我說的國語。每當我說國語時，他就不斷地要我用方言講。其實他哪裡知道，當時我已經無法用家鄉方言流利地表達自己的思想了。

　　雖然四、五天以後，在不斷地與他交談的過程中，我的方言聽、說能力似乎恢復了些，但是仍然不是很熟練，在老家親戚的耳裡聽來，還是夾雜著許多他聽不懂的國語。

從小就學會的家鄉方言尚且如此，何況是上學以後才學的、又主要是以書面教材進行教學的英語呢？所以，即使已經具有能夠用英語表達自己思想的能力，還是要隨時練習。否則，隨著時間過去，會話能力會快速下降，最後又回到聽不懂和說不了的起點。

五 讀

閱讀英語是英語的重要用途之一。就大多數人而言，「閱讀」的機會要比「聽」和「說」的機會多得多。所以，不要因為強調要擺脫「英語啞巴」的困境而不注意閱讀能力的培養。否則，即使「聽」和「說」的能力再強，充其量也不過是個「英語文盲」。我想，這絕不是讀者所追求的目標吧。

把英語資料筆譯成中文，是英文閱讀能力與中文寫作能力的綜合。能真正看懂英文文章的內容、並具備中文寫作能力的人，是一定能勝任筆譯工作的，所以在這裡我把中英筆譯與閱讀結合在一起討論。

✽ 基礎要紮實

學英語和學中文都有共通的原則，怎麼學會中文的聽、說、讀、寫，你就可以怎麼去學會英語的聽、說、讀、寫。

前面討論過培養聽力所需要的基礎，原則上也都是培養閱讀能力所需要的條件。因此，在這裡只補充討論與閱讀相關的內容。

快速閱讀、抓住大意與關鍵字的能力，是在紮實的基礎上培養出來的。以閱讀來說，**所謂的基礎就是基本文法以及基本字彙量。**

　　基本文法和基本字彙沒有到達「熟練」的地步，閱讀時，腦子裡就必須進行相當緩慢的分析與思考過程。例如：看到 calmer 這個字，不能下意識地認出它是 calm 的比較級，還以為是一個自己不認得的生字，或者需要經過短時間思考，才能認出它是 calm 的比較級；看到 back-lit 時以為 lit 是個生字，而不知道它其實是 light 的過去式。這樣的英語程度是無法讓你快速閱讀英語文章的。

　　在快速閱讀中抓住文章的大意與關鍵字的本領也是如此，它必須是在紮實的英語基礎上逐步訓練而成的。還要一個字一個字地查字典、一句話一句話地想文法，怎樣能夠抓住大意與關鍵字呢？如果一定要抓，也是瞎猜亂蒙。

❀ 逐字逐句學

　　提升閱讀能力，必須腳踏實地、循序漸進，不可好高騖遠、只圖虛名，應以實際提升英語應用能力為

唯一目標。最基本的做法，便是**閱讀時要有「不可一字無來歷，不可一字不講究」的學習態度、和力求「字字懂、句句懂」的學習精神。**

在學習階段，閱讀每一篇文章，只要有可能，就要「十目一行」，逐字逐句地學，多問幾個為什麼，做到「不可一字無來歷」和「不可一字不講究」。閱讀過程中有任何疑問，都應該打破砂鍋問到底，查辭典或請教他人，千萬不要望文生義，以免理解錯誤，失去學習英語知識的機會。

下面舉VOA（Voice of English）慢速英語廣播節目*SPACE AND MEN*中的個例子：

> ❖ 羅傑？弗萊特？
>
> 　　Project Gemini（雙子星座計劃）廣播文稿中有下列一段文字：
>
> 　　Less than two months later, **James McDivitt** and **Ed White** went into space....Ed White would leave the protection of the spacecraft and move out into the unknown emptiness of space. When it is the time for him

to leave the spacecraft, this is what the world heard: **"Roger, Flight, We're GO."** Those were the words from the flight director on the ground.

原句 **"Roger, Flight, We're GO."** Those were the words from the flight director on the ground.

誤譯 「……羅傑、弗萊特，可以開始了。」地面上的飛行指揮官發出了指令。

如果只看這一句，這種譯法似乎沒有什麼錯誤。但是只要上下文一對照，就會讓人產生疑問：「誰是羅傑？誰是弗萊特？是指天上的兩位太空人嗎？」不是，因為前段文字已經交待過了，他們的名字是James McDivitt 和 Ed White。如果把這兩個字，當作另外兩個人的名字，也很不合理，因為文中根本沒有提到別人，所以哪來的羅傑和弗萊特？

其實只要查一下字典，就可以知道**Roger**是無線電的通訊用語，表示「**聽到了**」，在這

裡並不是人名。接下去的 **Flight** 也不是人名，而是下一句裡 fight director（**飛行指揮官**）的簡稱。所以這段話的意思應該是：

正譯 「……聽到了，我是地面飛行主任，可以開始了。」地面的飛行指揮官發出了指令。

有的初學者也不太了解「We're GO.」這句話，以為句子裡同時出現了 are 和 go 兩個字，不符合文法規則。可是一查辭典，才發現 **go** 在美國俚語中可以當形容詞用，意為「**一切正常的，可以開始的；好的，行的**」。

「字字懂、句句懂」是基本的英語能力，也是各種高級英語能力的基礎。就拿快速閱讀能力來說吧，它是逐字逐句念懂大量文章後，所逐漸培養出來的高級閱讀能力，絕對不是邊查辭典、邊看文章的人能做到的。

有的人在閱讀時，碰到看不懂的句子或段落時，心裡很煩，就跳過去，並自我安慰說：「一句話、一

個段落看不懂，也沒影響。」這種做法是很不可取的，因為它嚴重影響到閱讀能力的提升。道理很簡單，那些看不懂的內容，就是提升閱讀能力的台階，把一句或一段看不懂的內容都搞懂了，閱讀能力也就會往上提升到一個新的層次。

有的文字可能乍看之下不好理解，一時也找不到恰當的譯名，可以暫時放一放，說不定看了後面章節的解釋後，就能搞清楚了。一般說來，一篇文章或一本書引入新名詞或新概念時，一定會有適當的解釋。

也許有人會認為「字字懂、句句懂」的學習方法收效太慢。其實正好相反，用這種方法學習英語，不但學得紮實，程度提升的速度更是迅速，有時迅速得連自己都會感到驚訝。任何一個具有正常邏輯思考能力的人，只要堅持這樣做，最後必然能獲得「一目十行」的快速閱讀能力，令那些想要速成又眼高手低的人望塵莫及。

堅持「不可一字無來歷、不可一字不講究」，不但可以紮紮實實地提升閱讀能力，還可以養成嚴謹的學習態度，有助於學習其他任何的知識。

❀ 反覆推敲

對於閱讀過程中遇到的問題，應該從文法、邏輯與含義等方面反覆推敲，力求翻譯準確。下面舉一個例子：

❖ 干 1984 什麼事？

> 原句 It is 1994, not 1984, but **Big Brother** is still trying to listen.

這句話的文法非常簡單，**Big Brother**（老大哥，獨裁者）一詞也能在辭典裡找到。整句譯出來就是：

> 翻譯一 今年是 1994 年，不是 1984 年，但是美國政府（Big Brother）仍打算監聽。

這樣翻譯當然並沒有錯，但是作者為什麼偏偏要提出今年不是 1984 年呢？經多方請教，才知此句源自 1949 年英國作家喬治·歐

威爾（George Orwell）寫的一本名爲《1984》的小説，該書設想到了 1984 年，老大（Big Brother）會成爲控制人們思想和生活的獨裁者。了解了這個文化背景以後，就可以把這句話譯爲：

> 翻譯二　今年是 1994 年，不是英國作家歐威爾小説《1984》所描述的 1984 年，但是美國政府（Big Brother）仍打算監聽。

❈ 把問題標出來

閱讀過程中碰到的問題，應該要在原稿上做明顯的記號。這樣做除了便於自己針對問題仔細推敲外，也便於請教別人時能迅速找到問題，在短時間內請教完所有的問題。

❈ 不要怕專業術語

一提到閱讀，不少人就認爲閱讀的主要困難就是專業術語太多。其實這是一種錯誤的觀念。以學習微

積分為例，我們之前並沒有專門學習中文的微積分專業術語，而是隨著課程內容的進展而引進的。每引進一個新概念或新術語，都一定伴隨有詳細的解釋。而課後，我們還是要複習這些新概念和新術語的。

閱讀專業英語文章、雜誌或書籍也是一樣。剛開始閱讀時，往往會有很多不認得的專業術語，因此會覺得難以閱讀、難以看懂。其實只要一節一節、逐字逐句地閱讀下去，**每碰到一個新的術語，就查辭典弄清楚，並記在生字本上不斷複習，就能漸漸地熟悉掌握這些專業術語。**

只要堅持這麼做，越往下讀，碰到的新術語就越來越少，讀起來也越來越容易。反之，如果前面的術語不熟練，似懂非懂地硬著頭皮往下看，越往後就越困難，最後就會放棄。

只要英語程度足夠，又懂得該項專業，閱讀專業英語書籍應該都沒有什麼困難。

❀ 精讀一本書

除了專門的英語教材以外，最好能根據自己的愛好選擇一本英文書籍（專業書籍或小說均可），從封

面的左上角開始，逐字逐句閱讀，一直讀到封底的右下角。碰到問題盡量自己解決，因為解決問題的過程就是複習與進步的歷程。實在解決不了的問題，可以請教英語老師，英語老師解決不了，還可以發 e-mail 詢問作者。

在從頭到尾閱讀一本英文書籍的同時，我非常鼓勵讀者該經常閱讀和你的工作或學業有關的專業英語雜誌，以便及時了解現代科技和知識的發展，並掌握新出現的字彙。

❋ 逐字逐句翻譯

為了提升閱讀和筆譯能力，可以就自己的專業領域，選幾篇由英美人士編寫的文章，在大體上了解其內容後，逐字逐句將其譯出。

具備一定的筆譯能力以後，更可以翻譯原文書。從封面的左上角到封底的右下角，逐字逐句翻譯。

翻譯時碰到文法或字義方面的問題，要勤查辭典和請教內行，不要放過任何一個能提升英語實力的機會，努力做到字字懂、句句懂。

堅持這麼做，閱讀和筆譯的能力都會有很大的進

步。

　　對照原文，逐字逐句地閱讀別人的譯作，也相當有助於提升閱讀與翻譯能力。

❀ 對照原文

　　有時候譯文的句子會令人感到難以理解或不知所云，此時應該盡量找來原文，對照譯文仔細推敲。以下是我碰到過的一個例子：

> ❖ **學會？雜誌？**
>
> 原文 In its 25th anniversary **issue**, **Computerworld** ranked Martin fourth among the 25 people who have most influenced the world of computing.
>
> 誤譯 在電腦世界第25次年會中，Martin 先生被授予電腦領域最有成就獎。
>
> 　　可能該譯者不知道 *Computerworld* 是一本美國電腦雜誌，誤以為是一個電腦學會，所以就把25th anniversary issue 譯為「在電腦世界

第 25 次年會中」了。但是只要查一下辭典，就會發現雖然 issue 的釋義很多，但是就是沒有「年會」。這裡的 **issue** 顯然是指雜誌的「**期號**」，不是「年會」。

正譯 在 *Computerworld*（電腦世界）雜誌的 25 周年紀念專刊上，列出了 25 位在電腦領域最有影響的人物，Martin 先生位居第四。

4 你該養成的能力

翻譯前，應該準備好與所譯內容有關的專業英漢辭典，並盡可能找來同類的中文書籍看看，以了解相關背景與有關術語。

對照原文，不但有助於正確理解文章的意思，也有助於提升自己的閱讀和翻譯能力。

✿ 怎麼看報紙？

閱讀英語報紙，是擴大字彙量和增加背景知識的有效途徑。從學習英語的角度出發，我仍然強烈建議要「逐字逐句學」，力求「字字懂、句句懂」。具體的方法和步驟如下：

1. 選擇自己感興趣的版面，例如選擇國際新聞作為閱讀的重點，逐字逐句地學，不明白的字要查辭典，並記錄在生字本裡。這樣做的話，一份報紙可能需要一個月才能看完，但是這種做法所增進的英語實力，勝過那種天天看報、但是不求甚解的讀報方法。

2. 之後，一份報紙看半個月。

3. 之後，一份報紙看一個星期。

4. 之後，天天看報。

5. 擴大精讀的版面範圍，例如：在能快速閱讀國際新聞以後，可以開始閱讀經濟新聞和體育新聞。

6. 在精讀的同時也可進行泛讀，快速閱讀其他版面的新聞。

✾ 充實背景知識

正如討論聽力的背景知識時所說的，一個人的背景知識是否足夠會影響閱讀英文時的理解程度。

以某個英語考試的一道閱讀理解題爲例，該題敘述了澳洲議會經過激烈的辯論，終於通過了允許醫生

施行**安樂死**（**euthanasia**）的法律條文後，各方人士的反應。經常看報、聽新聞的學生，一定已經從報紙上了解到此事及各方反應，因此具備了必要的背景知識，也比較容易選出正確答案。如果不經常看報、聽新聞，恐怕就很難快速又正確地理解了。

✿ 快速閱讀的要領

快速閱讀的要領很多，下面介紹我個人的兩點心得。

◆ 用提升聽力的方式提升閱讀能力

前面已經提到，對於台灣學生來說，「看」要比「聽」容易得多。所以很多人不從聽力輔助閱讀，而是「以讀攻讀」，結果往往事倍功半，很難真正達到能增進閱讀能力的目的。

事實上，**從聲音、從聽力著手，會事半功倍，讓閱讀能力大幅提升**。當聽力程度提升到一聽就懂的程度時，腦子裡從英文翻譯到中文的過程就會消失或大大加快，因此閱讀英文就像閱讀中文一樣輕鬆自在，甚至大有「一目十行」之感。

就以我來說，我在用聽寫法學英語之前的20 幾年裡，花了不少工夫，千方百計地想提升英語程度和擴大字彙量，以增加英語閱讀速度，但始終沒有突破性的進展。直到開始用聽寫的方法，學會了「聽」、「說」以後，閱讀的速度才明顯提升。

◆閱讀時要積極思考

閱讀文章時要積極思考，邊看邊推論，在還沒看下面文字的同時，就應該思考下面可能要講什麼。如果下面的內容果真與自己的推斷一致，則可看得快一點。如果與自己的思路不一致，則需要停下來仔細閱讀。

對於文章中的but 、however 、while 、though 等語氣轉折處，要特別注意，要仔細留意語氣轉折以後是些什麼內容。

❈ 擴大字彙量

擴大字彙量的方法與學習者的身分和要求有關。正在上學的學生，通常只被要求掌握課文中出現過的字彙，所以只要教一課記一課的單字，做到會說、會

聽、會寫、會用，就足以應付各種考試。

　　若是已經離開了學校，還想進一步提升英語程度，可以選定一本英語教材，像在學校時學英語那樣去學就是了。碰到不認識的生字就勤查字典，弄懂意思後再將其記住。只要持續一段時間，字彙量自然而然就會擴大了。

　　如果是為了應付考試，例如：準備 GRE 或托福考試時，才會發生要在短時間內擴大字彙量的問題。

　　GRE 或托福考試中有許多使用頻度很低的字，平常很少見到或用到，只有在面對考試時才逼得我們不得不去記。記憶此類字彙的目的就是為了應付考試，所以不論採用什麼方法，只要在考試前記住了，就算達到目的了。擴大此類字彙量，可以用下列方式幫助記憶：

❖ **歸納綜合**

　　歸納綜合的方法之一，就是把相關的字同時都弄清楚。例如：碰到了某個軍銜的英語名稱，在弄清該軍銜的同時，把所有的軍銜都弄清楚。

❖ **熟悉前後綴和字根**

一般的前綴、後綴，其實在中學和大學的學習過程中應該都已大體地掌握了，因此學習的重點應該放在字根方面。爲了在短時間內擴大字彙量，可以系統地閱讀有關書籍。

 寫

俗話說：「熟讀唐詩三百首，不會作詩也會吟。」杜甫說「讀書破萬卷，下筆如有神。」從下面兩個方面著手，可以有效地鍛鍊英語寫作能力：

◆ **熟讀課文**

中學和大學英語課本上的課文，都是專家精心編選的，如果能夠熟讀、甚至熟背，對英語寫作一定會有極大的幫助。

◆ **多寫**

寫作方法無定勢，關鍵在於多寫、多練習。你可以透過寫日記、寫信或寫文章的方式練習寫作。

在寫文章之前，最好能找幾篇由英美人士所寫的同類文章，仔細研究其文章結構與用語後，以其為範本進行寫作。寫作結束以後，一定要請英語程度比你好的人修改。如此不斷練習、不斷進步。

抓關鍵字和聽大意

無論是聽英語或閱讀英語，抓關鍵字和大意都是個很重要的過程，否則眉毛鬍子一把抓，一定會被次要的資訊所淹沒。其實這個問題並不是學英語時才會發生，在學中文和其他知識時，這個問題都是存在的。換句話說，聽中文或閱讀中文時都抓不住關鍵字和大意的人，學英語時也是難以抓住關鍵字和大意的。

如何在眾多的資訊中抓住關鍵並歸納出大意，取決於個人的背景知識與邏輯思考、分析歸納的能力。受過基本教育的學生，透過種種課程的學習，應該都具備這種能力。

所以，聽英語時抓關鍵字和大意的方法，就和聽中文時抓關鍵字和大意的方法是一模一樣的。那為什

麼在學英語時要特別強調這一項能力？原因就是我們對於中文和英文的熟練度一般都有很大的差距。因此說穿了，聽英語時掌握關鍵字與大意，要努力的方向就是增加英語的熟練度，也就是說，英語程度要足夠。

❈ 英語程度要足夠

其實這個結論是不言而喻的，因為**聽大意的前提是能抓住關鍵字，而要能抓住關鍵字，首先必須能聽懂所有的字**（至少聽懂絕大部分字），否則怎麼能保證沒有聽懂的那些字不是關鍵字呢？而要聽懂一段英語中的絕大部分字，是需要有相當程度的英語的。再說，關鍵字與非關鍵字也是相對的，程度不足時聽不出或聽錯了一些非關鍵字，可能會「失之毫釐，差之千里」。

以下面的一段英語為例：

> ❖ Israel is still demanding the right to send troops into Palestinian-ruled areas of Hebron if they are following suspected Arab terrorists. Palestine

rejected this **as an attempt** to change already signed agreements.

如果整個內容都能正確無誤地聽出來，沒有人會把最後一句中的 as an attempt 當作關鍵字。但是如果錯誤地把它聽寫成別的，還當成關鍵字，就會影響整則新聞真正的大意了。例如：

原句 as an attempt

誤聽 as they attempt

這個聽寫結果在文法上沒有什麼太大的問題，意思卻差了十萬八千里。

由此可見，聽英語時「抓關鍵字」與「聽大意」，是英語程度提升以後必然會具備的一種能力，或者說只有程度足夠的人才能使用的一種方法。程度不足是無法照搬照套的，只有隨著英語程度的逐步提升，才能逐漸領會掌握。

有時候我們甚至需要藉助非關鍵字的幫忙，去判斷其他的字在句子中的地位和作用。但是非關鍵字的

發音一般都比較輕、比較快，如果無法聽清楚，就會造成理解上的障礙。

事實上，聽懂非關鍵字有助於判定真正的關鍵字，或者說可以減少把非關鍵字當作關鍵字的可能性。

✽ 提升程度的關鍵在訓練

既然抓關鍵字和大意的能力，取決於英語程度的高低，那麼想要提升聽英語抓關鍵字和大意的能力，就只有提升英語聽力的程度了。

由於聽力是脫離閱讀能力而獨立存在的一種能力，對於任何中文聽力正常的人來說，**英語聽力差的原因只有一個——缺乏訓練**。就跟一個字一個字、一個句子一個句子地累積起字彙量和文法知識以後，才能提升閱讀速度一樣，提升聽力也必須一個字一個字、一句話一句話地從頭學起，在反反覆覆地聽英語的過程中，提升對於英語語音的敏感性和熟練度，捨此沒有別的路可走。

英語中的連音、弱讀等發音現象或規律，都是自然而然形成的，是對英語熟練到一定程度、說得快時

234 *Methods for Learning English*

必然形成的一種語音現象，不是故意定出來的發音技巧。所以練習聽力的時候，不要把如何適應連音和弱讀等，當做一種非自然的發音技巧去學習，而應該在聽的基礎上去體會、去掌握。

聽力差的人常常因為不適應連音和弱讀，而分不出一句裡有幾個字、有哪些字。可是同樣的內容讓聽力好的人聽，他們卻不一定會覺得有明顯的連音和弱讀現象。

所以，初學者在向聽力較好的人請教聽不懂的地方、得到正確的答案以後，要檢討自己為什麼沒有聽出來，而不是問別人為什麼能聽出來。因為，提升聽力的要領，無他，惟耳熟耳。

4 你該養成的能力

如何增加字彙量？

字彙是一切英語能力的基礎，以下說明增加字彙量的方法。

❈ 不要用太小的辭典

辭典太小，收錄的英語單字釋義不全，也會影響

對聽寫結果的正確理解。

❖ Incontinence is a medical **condition**.

❖ These drugs are used to treat nine serious medical **conditions**.

　　我有一次聽寫出上面兩句話，其中 **condition** 一字我不太了解，於是查了手上有的幾本英漢辭典，但是裡面有關 condition 的注釋都沒有合適的。

　　後來我從朗文出版社新出的辭典中查到 **condition** 一字還可以作「疾病」解，辭典中舉的例句為：

❖ *This is an interesting condition, I have never seen this illness before.*

這是一種很有趣的病，我以前從來沒見過。

　　Condition 當成「疾病」的意思，上面那兩句話就很好理解了。

　　但是 condition 這個字與同樣作「疾病」解

的 **disease** 在含義上還是不一樣。例如：

❖ *Experts also say dyslexia is not a **disease**, they say it is just a **condition** caused by differences in development of brain tissue before a baby is born.*

專家們說閱讀困難症不是一種**疾病**，它只是嬰兒出生以前腦部組織發育不同所引起的一種**病**。

「不是一種疾病……，只是……一種病」這樣的翻譯很令人費解。

再進一步查閱相關辭典，我才找出disease與condition的區別。因此，這句話的意思應該是：

「專家們說閱讀困難症不是一種（**傳染性的**）**疾病**，它只是嬰兒出生以前腦部組織發育不同所引起的一種**小毛病**。」

❀ 多聽新聞、多看英文

英語新聞所碰觸到的題材非常廣泛，用到的字彙

也很不相同，對於英語程度已經相當不錯的人來說，即使已能順利聽懂一般英語，可能還是會聽不懂某些新聞的特定字彙。由於這些字往往又是該條新聞的關鍵字，聽不懂就可能整條新聞都聽不懂了。

因此，爲了擴大字彙量，學英語的其中一個原則就是多方涉獵、不拘一格，把碰到的各種生字都搞清楚。這也是我提倡要**學習自己專業領域之外的英文**的原因。

一般說來，在某些節目裡出現的某些字，以後在同類節目中可能還會出現。如果第一次聽到時不把它搞清楚，下次再聽到還是不懂。

有趣的是，只要你把某個生字徹底搞清楚了，以後一定會在節目中反覆聽到這個字。

　　某年的新聞報導了一美國青年在新加坡犯法後被處以「**鞭打屁股**」的刑罰，就用了 **vandal**、**vandalism**、**vandalization**、**cane**、**caning**、**flog**、**flogging**、**buttocks**、**scar** 等字，而且這些字在新聞裡連續出現達一個月之久。如果第一次聽到時沒弄清楚，可能那接下來的一個月都無

法聽懂那條新聞。

認真閱讀英文書籍或雜誌，也是擴大字彙量的有效方法。讀者可以依據自己的興趣，挑選一本有一定篇幅的英文書籍，從頭到尾、一字不漏地閱讀。

由於閱讀的目的在於學習英語，所以不要看懂大意就滿足了，而應該「從頭到尾、一字不漏」地看，即使是版權頁的「版權所有，翻印必究」等一類有關出版事宜的說明都要看。而且要反覆閱讀，每閱讀一遍，都要把不認識的字作上記號，並抄寫在生字本上、注上音標、反覆背誦。

下一次再閱讀時還是從頭到尾、一字不漏地看過去，並且檢查一下上一次不會的字，這一次會了多少。只要這樣踏踏實實地去讀，每讀一遍都會發現自己有明顯的進步。

閱讀英文報紙也是一個擴大字彙量的方法。報紙上的內容包羅萬象，但沒有必要一次就把每篇新聞都看完。選好自己想要學習的內容，如國際時事或體育新聞等，一字不漏地看完，不懂的生字都要記下來，絕不要看懂內容大意就滿足。如果這麼做，一份報紙

起碼要好幾天才能看完,因此也不一定要天天看當天的報紙。

❀ 不要忽略專有名詞

英語新聞往往大量使用專有名詞,如果不懂,也會嚴重影響聽力。

◆專有名詞也是單字

英語新聞中使用的專有名詞很多,它們往往是句子的主詞或受詞,如果不把它們搞清楚,就很難完全聽懂該條新聞。不知道印尼的貨幣為**rupiah** 、馬來西亞的貨幣為**ringgit** 、菲律賓的貨幣為**peso** 、泰國的貨幣為**baht** 、韓國的貨幣為**won** ,就無法完全聽懂東南亞金融危機方面的新聞。

所以我們應該要有「專有名詞也是英語單字」的正確看法,像對待其他英語單字一樣地對待專有名詞,確實弄清楚其拼法與含義,而不要用「-」、「？」等符號代替。

◆ 把專有名詞拼出來

堅持把專有名詞拼寫出來有以下好處：

❖ 學到許多有用的專有名詞
❖ 區別出眞正聽不懂的生字

有時由於專有名詞的存在，你會覺得很多字聽不懂。依據發音把專有名詞拼寫出來以後，就可以把眞正的生字區別出來，並集中注意力把它們搞清楚。

◆ 不要把職務或頭銜當作人名

聽人名時不要忽略最前面的職務或頭銜，以便掌握更多的英語單字。一般情況下，以英語稱呼別人時，都會在姓名前面加上其頭銜，例如：**Pope**（**教皇**）、**Bishop**（**主教**）、**Archbishop**（**大主教**）、**the Reverend**（對**牧師**、**神父**的尊稱）、**Chancellor**（奧地利、德國的**總理**或**首相**）和**Admiral**（**海軍上將**）等。

◆ 注意縮寫字

新聞報導使用縮寫字是為了能讓聽眾聽懂。一般第一次提到該名稱時,都是先唸出全稱,後面再提到時,才以縮寫稱呼。例如:第一次先以 Food and Drug Administration 的全稱稱呼,之後就用縮寫字 FDA 稱之。或者是先用縮寫字,然後立即唸出其全稱,例如:說出 CSCE 後,接著便唸出 Conference on Security and Cooperation in Europe(歐洲安全和合作會議)。

◆ 注意特殊的專有名詞

大的颱風、颶風、龍捲風等常會被取上名字。一旦被命名後,以後的新聞就會直接用名字稱呼這個風暴,而不再用 **typhoon**(**颱風**)、**cyclone**(**龍捲風**)或 **tornado**(**龍捲風**)等字。

另外,在英語新聞中,常常約定俗成地用地名或建築物表示某國政府或機構,例如:用 **Moscow**、**the Kremlin** 代表**俄羅斯政府**,用 **Washington**、**the White House** 代表**美國政府**,用 **the Pentagon**(**五角**

大廈）代表**美國國防部**等。

◆ 如何查詢專有名詞

　　新聞中出現的專有名詞，可以透過下列兩種方式查詢：

❖ 查閱中文報紙
❖ 上網搜尋

　　因為英語新聞中提到的重大事件，中文報紙和網路上一般也都會有報導。

　　如 1997 年英國科學家複製出的複製羊 **Dolly**（桃莉羊），美國於 1998 年複製出的複製牛 **Mr. Jefferson**（傑弗遜先生）。這些字，光聽新聞是不可能知道拼法的，但是報紙和網路，都提供了極為方便的查詢管道。

◆ 具一定程度後，可忽略一般專有名詞

　　英語程度不足時，為了不錯過學習英語的機會，一定要每個專有名詞都去弄清楚。但是程度提升到能準確地判斷出哪些是一般專有名詞（例如長達六、七

個字母的阿拉伯人名）以後，就知道不必花工夫去查詢正確拼法。

❋ 累積新字

世界在進步，語言也在發展，新字因此不斷出現，舊的字也會被賦予新的意義。如**cyberspace**（**網際空間**）、**cybermarket**（**網際市場**）、**homepage**（**網頁**）等等都是以前不存在、近年來才發明出來並日漸普遍的字。學英語也要注意跟上時代，否則也是無法理解他人、難以和人溝通的。

查閱和累積新字的途徑很多，主要有：

1. 英文報紙
2. 上網

網路上資料豐富、查找方便。（有關各種英文網站的資料，請讀者參看〈附錄〉。）

九 猜字

❀ 集困惑與快樂於一身的猜字過程

逐字逐句學時，碰到聽不懂的疑難字只能靠自己去猜，所以怎樣猜字就成了提升聽力過程中一個很重要的環節。

程度越高，一般說來碰到的疑難字就越難猜，有時花許多工夫都找不到答案，似乎到了「山窮水盡疑無路」的境地。由於沒有解決的疑難字彙時時刻刻都浮現在你的腦海裡，使你念念不忘，因此你的心情是相當困惑與苦悶的。但是只要堅持下去，窮追不捨、千方百計透過各種方式去尋找，就有可能「柳暗花明又一村」，找到正確的答案。此時你一定會感受到一種茅塞頓開後的狂喜、和一種苦苦探索後獲得知識的滿足感。

事後翻閱聽寫記錄，看著上面一個個改來改去、費了許多工夫才找到正確答案的字句，腦海中立刻浮現出當時千方百計尋找答案的情景。尤其是以後又再次聽到當初費了很多工夫才學會的字句時，心中總不

免為之一喜：「這次我聽得懂這個字了！」其中的愉快心情是沒有親自使用過聽寫法的人難以體會的。

在某個程度上，猜字是聽寫法的難點，也是聽寫法的優點。

聽寫法要求完全依靠自己的英語知識去找答案，這遠比對照原文聽 CD 的學習方法要難，因此也是許多人難以堅持到底的原因之一。

但是，也正因為所有的疑難問題，都要靠自己辛苦探索才能找到答案，記憶才會異常深刻。不但能夠記住這些字的拼法與釋義，連找到答案的過程與方法，也會深植於記憶之中。

由於猜字過程中，需要綜合運用各項英語知識（尤其是語音和文法知識），**整個猜字過程就成了不斷地複習、鞏固與擴展英語知識的過程**，當中尤其會大大提升對於語音的敏感性和辨音的準確性。

由此可見，猜字不是一種不得已而為之的權宜之計，而是聽寫法特有的、能全面提升各項英語能力的好方法。讀者應該主動迎接它，樂於去猜，而不是迴避它。通過各種方法找到答案以後，還要檢討各種經驗與教訓，不斷增進根據聲音猜字的能力。

　　隨著英語程度與猜字能力的提升，讀者一定會慢慢地習慣於這樣的學習方式，達到這樣的境界：如果聽英語時沒有碰到疑難生字，反而會覺得很平淡無趣。因為只不過聽聽文章、聽聽新聞而已，沒有學到什麼新知識。而如果碰到了疑難字，心情會頓時興奮起來，因為這下子又可以學到新的知識了。

❋ 怎麼猜字？

　　猜字的方法很多，下面介紹幾種方法和注意事項。

◆ 從發音著手

　　從發音著手是猜字的主要方法。只要語音知識紮實，一般情況下都能根據發音找到相對應的字。

　　搞清楚聽不懂的地方有幾個字、每一個字有幾個音節，然後根據語音知識試著拼出一個字，再去查字典，查不到再試拼一個、再查。不可否認地，這個過程比閱讀時查詢生字困難多了。

　　從發音著手猜字時要注意以下幾點：

▌1▐ 不要一碰到聽不懂的地方就去看原文

　　一碰到不懂的地方就去看原文或問別人，就少了自己花心思找答案的過程。結果答案就會來得容易、走得也快。即所謂：「Easy come, easy go.」，不會在腦子裡生根。

▌2▐ 注意發音的原則

1. 注意相近的發音

例如：t 和 d，p、b、f、v 和 ph，l 和 r，-tion、-sion 和 -cian 等。

2. 注意不發音的字母

例如：聽到一個發音為〔ˋraɪno〕的字，試拼出 rino，但是字典裡沒有這個字。再根據 rh 連在一起時 h 不發音的規則，拼出 **rhino**（犀牛），就對了。

3. 注意母音的特殊發音

例如：**geyser**（間歇噴泉）一字中的 ey 發〔aɪ〕的音；**amoeba**（變形蟲，阿米巴）一字中的 oe 發〔i〕的音；women 一字中的 o 發〔ɪ〕的

音等。

4. 注意發音相同或相近的字

例如：there、their 和 they're，或是 were 和 will 等。

5. 注意弱讀的字頭、字尾

例如：**approve**（贊成；批准）一字的 a 發音很輕，很容易誤聽成 **prove**（證明）；**parade**（遊行）中第一個 a 的發音也很輕，初學者往往聽寫成 prade，但是字典裡找不到這個字。

6. 注意不同字詞間的微小差別

原句 We can use the wind to move a boat.

誤聽 We can use the wind to move about.

這句話在文法上是沒有錯誤的，意義上也是講得通的。但是確實仔細聽的話，about 和 a boat 在發音上仍然是有差別的。

原句 Rescue workers are searching ruins of building for survivors.

> 誤聽 Rescue workers are searching rooms of building for survivors.
>
> 　　這句話從文法上的確講得通，似乎聽寫對了，但是仔細聽，ruins 與 rooms 兩者在發音上的差別還是很明顯的。

3 擺脫熟悉字的干擾

　　聽力差的人聽寫時，聽到某些生字與自己熟悉的單字發音相近時，往往會把這些生字誤認為自己熟悉的字。例如熟悉 **Canadian**（**加拿大人**）而不知道 **comedian**（**喜劇演員**）的人，往往會把「He is a comedian.」一句聽寫成「He is a Canadian.」

◆ 從文法著手

　　有時候只從發音去檢查聽寫結果，仍然難以判別正確與否，此時就要從文法著手進行判斷。例如：

> 原句 Modern medicine combines many kinds of knowledge to help train and care for people who take part in sports.

誤聽 Modern medicine combines many kinds of
knowledge to help train and <u>careful</u> people
who take part in sports.

　　這段記錄，單從發音上檢查，似乎沒有什麼
錯誤，但是若從文法結構分析，就會發現 train
是動詞，而 careful 是形容詞，兩者不能用 and 連
接起來，所以 and 後面應該是動詞 care for。

　　有時候我們無法準確掌握住某些字的發音，這種
情況往往以「弱讀」的字（冠詞、介詞等）和名詞、
動詞後面加的 s、ed 等為多。碰到這種情況，可以
運用文法知識進行判斷。像是初學者常會聽不清冠詞
a 與 the 之間的差別，此時就可以根據不定冠詞 a（an）
與定冠詞 the 的文法規則糾正之。

　　有的錯誤是可以自己判斷出來的。根據這項初步
的判斷再去聽 CD，可能又會有些新體會，說不定也
就知道是什麼字了。

　　聲音受到干擾時，也很難從發音判斷清楚應該是
什麼字，但是若與文法結構結合後，就可以推測、判
斷出來。例如：

原句	in fighting
誤聽	in Friday

根據文法，如果是 Friday 的話，應該是 <u>on</u> Friday，而不是<u>in</u> Friday，聽成 in Friday 顯然是不對的，繼續推敲下去就有可能聽出 in fighting。

英語提升到了一定程度以後，碰到聽不清楚的字，可以想像如果自己是作者的話，在這個地方應該會用什麼字。經過這樣的假設再回去聽，可能就可以聽出來了。

◆從內容含義著手

多次試拼找不到時，還可以根據上下文的關係推測一下該生字可能是什麼意思。要逐步養成根據上下文判斷生字釋義的能力。

在初學階段，一有問題就應該要查字典，但是程度提升了以後，是否還需要一遇到生字就立刻查字典呢？不一定。你可以先根據上下文的內容判斷聽不懂的生字可能是什麼意思。如果推測出來的字義與文章的內容沒有什麼矛盾，就先這麼擺著，等到發生矛盾

時再查字典。

現代資訊社會的語言發展很快，新字層出不窮，經常會碰到一些字典裡查不到的字，或是老的字又有了新的釋義。碰到這個情況，如果一時沒有報紙或網路可以查詢，就只有靠自己獨立判斷了。這種根據上下文的內容判斷新字的含義（或老字的新義）的能力，其實也是英語程度較高的人必須具備的本領。

例如：**demagnetize** 一字在字典裡只有「**去磁、消磁**」等解釋。但是在一則報導古巴難民逃到美國的新聞裡也用了這個字，顯然不會與「去磁、消磁」有關，但是字典裡也沒有別的解釋。

碰到這種情況可以查「**magnetize**」的解釋，其中有「**吸引**」之意，據此可以推測在那則新聞裡，「**demagnetize**」應該是「**使失去吸引力**」的意思。

從內容含義著手，還可以幫忙判斷猜的字對不對。例如：

> 原句 President Clinton said doing nothing will set a bad precedent.
>
> 克林頓總統說，不採取行動會樹立一個壞的先例。

> 誤聽 President Clinton said doing nothing will set a bad <u>president</u>.
>
> 克林頓總統說，不採取行動會樹立一個壞的<u>總統</u>。

> precedent 一字中的 ce 的發音爲〔sə〕，president 中的 si 的發音爲〔zə〕。在快速唸過的新聞報導中，或許真的不太容易聽出兩者之間的差別。不過，只要從內容含義方面仔細想一下，就可以發現 set a bad <u>president</u> 是講不通的，應該是 set a bad <u>precedent</u>。

◆從單字的搭配習慣著手

句子中的某些音聽不清楚時，可以從常用的單字搭配習慣去猜測。例如：

> 原句 He has been <u>accused</u> of spying for foreign country.
>
> 誤聽 He has been <u>cused</u> of spying for foreign country.（前面的 a- 聽不清楚）

則根據單字的搭配關係，可以推測出這個字是 accused 。

要特別注意固定搭配中發音既快又輕的字。例如：the city of 、be charged of 、be accused of 、aim at 、talk with 、to prevent（protect, stop, block）from 等，其中的 of 、at 、with 、from 等字在標準英語中往往發音既快又輕、一帶而過。初學者常常聽不出來，就以為沒有這些字。

只有辨音能力提升到一定的程度後，對這些固定的搭配已經熟悉到能下意識反應時，聽到 the city、be charged、be accused、aim、talk 後，不論其他的字有沒有聽清楚，都會自然而然聯想到後面可能有 of 、at 、with 和 from 等字，也因此更容易聽出這些字。

◆ 查閱報紙、上網搜尋

新的字彙不斷出現，有些新字可能來不及收入辭典，但是在報紙和網路上一般都能找到答案。

前幾年美國炸彈郵包事件頻頻出現時，新聞中便

反覆使用 **unabomber** 一字。當時我不知是什麼字，後來看了英文報紙的專題報導以後才知道怎麼拼寫，再看中文報紙才知道叫做「**郵彈殺手**」。（關於英文網站的資訊，請讀者參看附錄。）

◆換個方向

如果用了以上的方法還是猜不到答案，就要考慮到原來的猜字方向已經錯了，另選方向再猜。

辨音能力不強的初學者根據發音猜字時，往往一條路走到底。一旦猜想出一個字，即使是錯誤的，也會覺得越聽越像、越聽越是，結果錯地越陷越深。所以在反覆多次仍找不到正確答案時，不妨跳出原來所假設的框框。

猜字方向錯誤最常見的，就是把兩個字誤聽寫成一個字，或把一個字分解成兩個字。例如：

❖ 原句 to clear <u>away</u> hurdle
誤聽 to clear <u>a way</u> hurdle
❖ 原句 <u>a fair</u> agreement
誤聽 <u>affaire</u> agreement

❖ 原句 serve a five-year term

　　誤聽 survey five-year term

❖ 原句 a report on the history and status

　　誤聽 a report on the historian status

　　單從發音檢查，很難發現以上錯誤，但是文法上不符規則，與上下文的意思更是不連貫。此時可以試試把其中的某個字分解成兩個字，看看是不是能找到正確的答案。

　　通過以上多種方法努力學到的字，由於來得不容易，因此往往記得很牢，有時甚至能回想起某個字是在什麼時候和哪則新聞、哪篇文章學來的。

◆ 先擱著

　　有些經過多方努力仍找不到答案的疑難字可以先擱著，隨著時間的推移和英語程度的提升，總有一天會有答案的。以下舉幾個例子：

❖ 1994 年 8 月間，在報導美國棒球隊員罷工的新聞裡，突然出現 **salary cap** 的說法，字典裡查不到。但是，根據上下文可以推測出來是

「限制隊員工資」的意思。後來的新聞中又用了「The players feared the owners would finally impose a salary limitation next season.」的說法，證明我的推測是正確的。

❖ 1991 年美國發生一名郵局工人因待遇差又被解雇而槍殺他人的事件。此後就有 **going postal** 的說法，表示「**對於工作條件和待遇極度不滿**」。

所以**在聽懂上下文的意思後，要敢於發揮，而不用拘泥於字典裡是不是有此解釋**。退一步說，即使自己的推測與分析不合適，也沒有太大關係，因為反正你從其他字典裡也找不到合適的解釋。而且，隨著時間的推移與程度的提升，漸漸就可以找到更貼切的解釋。

對於不影響理解整體內容的疑難字，可以先擱著，而不必花太多的工夫去找。只要堅持繼續聽英語，隨著聽到的資訊越來越多，思路會越來越寬、知識也越來越多，有朝一日就有可能理解這些疑難字。

　　如 1998 年 1 月底，一則報導美國總統克林頓性醜聞的新聞中用了這樣的標題：

President Clinton faces **Monica Gate**

　　這句話雖然文法不複雜，但對於很少聽新聞的人來說，恐怕很難理解 Monica Gate 的含義。但是如果新聞聽多了，就會知道 Monica 是指 former White House intern Monica Lewinsky（前白宮實習生莫妮卡‧路文斯基），而 Gate 一字則是 **scandal**（**醜聞**）的同義詞，源自前美國總統尼克森的 Water Gate（水門）事件。

　　一些新出現的科技英語字彙，如果不需要翻譯成中文，則可以直接用英語去理解，而不需深究其中文釋義。

 查字典

❀ 查字典是聽寫法很重要的一環

查字典是聽寫法很重要的一環，聽寫法的很多優點都是藉由查字典體現出來的。

在聽寫的過程中，聽到生字時，一定要查字典，才能知道那是什麼字；要能查字典，就得猜出其拼法；而要能猜出拼法，首先就必須準確地抓住其發音，並能正確地模仿著念出來。長期下來，必然**能使自己的發音更正確更標準**。

而為什麼用聽寫法學到的單字比一般閱讀時查字典**學到的單字記得牢**？也是因為用聽寫法學習時，查字典的過程中運用到大腦的多個部位、並且需要高度的注意力所致。

有的人也用聽寫法學英語，但是碰到生字時卻不願意自己去猜字、去查字典，因為他們覺得得到解答只是一瞬間，但是查字典卻浪費了大量的時間，所以寧願問別人、或是看現成的原文。這樣做的結果，必

然享受不到聽寫法的優點，程度也無法迅速地提升。

　　查字典也是一種能力，需要訓練和養成習慣。有問題時要查字典，沒有問題時也可以字字典，看看你所熟悉的那些字的釋義和例句。開卷有益，你一定可以從中學到不少知識。

　　查字典的習慣是逐步養成的。無論是閱讀還是聽寫，稍有疑問就查字典，久而久之，才能成爲習慣。

　　勤查字典可以還**防止誤解的產生**。例如：**face to face** 的意思爲「**面對面**」，**back to back** 爲「**背對背**」，但是 **see eye to eye**（with sb.）的意思卻是「（與某人）**看法完全一致**」，**neck and neck** 的意思則是「**並駕齊驅，不分上下**」。

✽ 查字典的方法

◆ 寫在紙上以後再查

　　在起步階段，需要不斷地「猜字」，有時明明猜出來的字是對的，但就是在字典裡找不到。這是因爲對英語還很不熟練，在查字典的過程中腦子裡拼的字會「走樣」的緣故。例如：

有一位初學者在聽到 **latrine**（公共廁所）這個字的發音以後，第一次就猜對拼法了，但沒有把猜的字寫在紙上，結果一邊查著一邊就「走樣」，latrine 的拼法變成了 laterine 和 letrine，結果就查不到了。

為了避免這種現象，在英語程度還不夠好的起步階段，猜出字以後，不論正確與否，都要寫在紙上，然後再去查。

◆一邊唸、一邊查

查字典時要一邊唸、一邊查。有時初學者根據發音拼出了字，也寫在紙上了，然後默記在心中去查字典，結果還是找不到。

為什麼會有這種現象呢？主要是因為初學者的英語還不夠熟練，英語單字的「瞬時記憶」能力比較差，查著查著就記不清楚自己要查的字是怎麼拼的了。即使要查的字就在跟前，你也可能在一頁一頁翻字典的時候，看到字典裡其他熟悉的字而分了心，然後不自覺地把目光停在那些熟悉的字，忘記了自己本

來要查的字。

如果一邊唸、一邊查，就能使你專注在你要查的字，而不會被別的字所干擾。如此，不但能更快查到生字，更能加深對這個生字的印象。

◆ 選取最貼切的解釋

有些英語程度不太高的人，以爲英語單字和中文解釋是一對一的，因此在查閱字典的時候，只看單字的前一、兩個解釋就把字典閤上了。這種做法可能會使文章「牛頭不對馬嘴」，根本講不通。

爲了避免這種現象，查字典時要把該單字所有的注釋和例句都看完，再從中選取最貼切的解釋。有時候字典上所有的解釋都不太切題，這時就只能意會，不能言傳了。通過這樣的方法學到的英語單字知識是比較全面的，而且是比較「活」的，能在不同的場合靈活運用。

把單字全部的注釋和例句都看完，非常有利於擴大字彙量。例如 **trunk** 一字：

名　詞　樹幹；（動物或人體的）軀幹；（昆蟲的）胸部；大血管；神經幹；（鐵路、運河和電話線的）幹線；大象的鼻子；（鳥蟲的）長嘴；（旅行用的）大皮箱；汽車車尾的行李箱；男用運動短褲；（建）柱身；（信）中繼線；（船）便門；（礦）洗礦槽。

形容詞　樹幹的、軀幹的；（鐵路、運河和電話線等）幹線的；箱形的；有筒管的

　　如果使用同義詞和反義詞字典，應該把所有的同義詞和反義詞看一遍。例如，查 **construct** 這個字：

同義詞　build、erect、make、fabricate、set up、create、formulate、frame、design、devise、fashion、shape、organize、arrange

反義詞　demolish、destroy、raze、tear down、take apart

　　儘管這些字中可能不少詞你都不認得，但是看過

一次，多多少少總會有點印象吧。持續這樣做，可以花較少的時間，學到更多的字。

英語在發展，新字和新的釋義不斷出現，這些新字可能字典裡找不到，或是雖然找得到，但是沒有合適的釋義。此時可以根據上下文的意思去推測其意義，並在隨後的學習過程中加以驗證。例如：

Euthanasia Legislation passes is Holland

The draft passed on Tuesday—a carefully drafted compromise—does not legalize euthanasia but aliows doctors to perform **mercy killing** if they comply with strict official guidelines.

從上下文可以看出，此處的 **mercy killing** 就是 **euthanasia**（安樂死），但是《新英漢辭典》中 mercy killing 的釋義為「（使受刑者）減少痛苦的處決」，顯然已經不太適合了。

◆ 盡量用英英字典

具有一定程度以後，盡量用英英字典，以便去除

大腦裡從英語翻譯到中文的過程。

◆準備兩本生字本

在聽寫過程中,最好準備兩本生字本。一個是「流水生字本」,逐日記載學到的生字;另一個是「分類生字本」,每隔一段時間(比方說一個月),就把「流水生字本」上的生字分類整理、轉載到「分類生字本」上,並且按照類別排列。

這樣做非常有利於記憶。因為,再一次的書寫,和思考一個單字要分入哪一類時,都能加深你對這些生字的印象。把生字抄寫到有關類別中時,你也會不自覺地看看原來已經寫在上面的同義詞或近義詞,無形之中把這些字也複習了一遍。

◆分類整理生字,自己編字典

各類英語錄音教材(例如英語新聞廣播)的用字量高達數萬,即使都聽寫出來了,不太可能字字都背得很熟,不少字也只是有一點模糊的印象。因此,聽寫過程中常常會發生這樣的情況:一些過去花了不少功夫猜出來並從字典裡查到的字,一時又想不起來該

怎麼拼、是什麼意思，又得再花很多時間去猜、去查。

為了解決這個問題，一定要邊學習、邊編一本專供自己用的分類字典。每次聽寫時都把它放在旁邊，碰到聽不出來、不會拼寫的字，就去查這本字典，如果裡面沒有就立即補上。幾年下來，就等於編了一本對自己非常有用的字典了，而且它的作用不是從書店裡買來的字典所能比擬的。

把新聞廣播中出現的新字和新縮寫詞收集在一起，無論對自己或他人，都有一定的參考價值。

◆ 使用最新的字典

隨著現代社會的快速發展，新字層出不窮，國內出版的字典往往來不及收錄新出現的字彙。不過，國外出版的 **CD-ROM** 版本字典幾乎年年更新。使用此類字典，往往可以查到最新的字彙。

當然，如果能夠上網，也可以在有關網站上查到最新字彙的解釋。

◆接受新名詞和組合詞

再新的字典也不可能把所有的新名詞與組合詞都收集進去。因此，在閱讀與聽寫的過程中，有時需要根據上下文自行判斷新名詞與組合詞的含義。例如：

❖ 財經新聞頻繁使用 technology-heavy Nasdaq 、technology-weighted Nasdaq 、technology-laden Nasdaq 等。雖然字典裡沒有這些詞，但只要懂得 **technology**（科技）、**heavy**（沈重的；大量的）、**Nasdaq**（那斯達克，美國全國證券交易商協會自動行情指數）、**weighted**（加重的）、**laden**（負擔重的）等字的含義，便不難理解這些組合詞的意思，而且可以直接從英語去理解，沒有必要翻譯成中文。

❖ 2000 年 2 月電腦駭客入侵 Yahoo 網站，致使 Yahoo 網站工作中斷數小時，英語新聞報導此事時，使用了以下句子：

It has been hijacked for several hours.

此處的 **hijack**（**劫機**）一字只能意會不能言傳，根據該次事件的情況，似乎可譯為「被迫中斷工作數小時」。

❖ 2000 年 4 月 27 日的新聞，在報導美國太空梭 Atlatis 號連續三次因天氣不佳沒有升空時，用了 **no-go** 一詞。字典裡沒有 no-go 這個組合詞，但從上下文便可以理解該組合詞的含義為「不發射」。

Chapter 5

電腦——

聽寫法的好幫手

Methods for Learning English

◎學英語給你好方法

隨著電腦技術與英語教學的結合，幫助學習英語的電子設備和電腦軟體越來越普遍。在聽寫法的各個環節上充分發揮這些設備的作用，可以大大地提升學習興趣和學習效率。

用電腦看、用電腦聽

◆ 網路廣播

隨著網路的發展，各家國際廣播電台陸續建立了**網站（website）**，開始了一種嶄新的多媒體廣播方式──**網路廣播（webcast）**，向用戶提供各種音頻和視頻資訊。

網路廣播可分為兩種。一種是**現場播送的**（**live**），其播放節目就像收音機和電視機節目，是不可重覆的。另一種是點播式的，網站把文字、聲音或圖像等資訊儲存在數據庫裡，用戶只需以滑鼠點選，即可聽到或看到相對應的內容。此類資訊不是現場播送的，是可以重覆的。

和傳統的無線廣播相比，網路廣播不受時間與地

域的限制，用戶隨時可以下載並收聽網站提供的文字、音頻或視頻資訊，相當方便。

隨著網路廣播的發展，網際網路上的廣播網站越來越多，甚至出現了一些專門介紹網路廣播資訊的網站，如 www.earthtuner.com 網站，就收集了近1400個廣播台的資訊，可以免費下載。

◆ 幾點提醒

收聽或收看網路廣播時注意以下幾點，可以節省時間及費用：

❖ 可以通過收音機或電視機收看的內容，不要透過電腦。只有需要查看文字及某些資料時才收聽或收看網路廣播。

❖ 把經常收聽或收看的網站的網址或網頁收入「我的最愛」中，以便快速啟動，縮短下載所需要的時間。

◆ 關於網址

無論是網址還是電子郵件的地址，每個字母都必

須準確無誤，否則就聯繫不上。所以在英語廣播中，唸出網址時，為了確保聽者能正確無誤地聽懂，常常會以其他方式描述各個字母，就像我們常常會以「木子李」形容「李」這個姓氏。一般情況下，26 個字母的稱謂方法如下：

Able	November
Baker（或 Bob）	Oscar
Charlie	Papa
Delta	Quebec
Echo	Roger（或 Romeo）
Foxtrot	Sierra
Gold	Tango
Hotel（或 Henry）	Uniform
India	Victor
Juliet	Whiskey
Kilo	X-ray
Lima	Yankee
Mike	Zulu

❖ **www.trsc.com/cw** 的讀法即：

> The Communication World Website is "WWW dot **T**ango **R**omeo **S**ierra **C**harlie dot **C**harlie **O**scar **M**ike slash **C**harlie **W**hiskey".

電子郵件地址中的第一部分常常是人名、地名或機構名稱，介紹這一部分時則直接稱呼，不再用上述稱謂。

 ## 用電腦寫

用電腦寫時要充分發揮電腦的各種功能，以加快寫的速度。利用 Word 的「自動校正」功能，你可以用幾個字母代替經常用的詞語。例如用 PM 代替 Prime Minister、FM 代替 Foreign Minister，輸入時只要鍵入 PM 或 FM，螢幕上就會顯示 Prime Minister 或 Foreign Minister，非常方便。

用電腦寫出來的內容，具有電腦化資訊的一切優點，尤其是便於加工和傳遞。寫在紙上的資訊，每用一次都得重新抄寫一次。寫入電腦的資訊，一旦寫

入，便永遠享用，而且可以很方便地進行複製、搬移、更換、查找，用電腦字典進行拼寫和文法校對，還可以迅速列印。一張小小的磁碟片或光碟可以存貯幾百萬字，攜帶起來遠比紙張要方便多了。加之可以透過網路進行遠距離傳輸，其優越性更不是手工寫在紙上的資訊所能比擬的了。

 ## 電腦字典好處多

◆隨身攜帶型電子字典

隨身攜帶型電子字典具有攜帶方便的特點，功能很多，不但可以英中互譯，還可以做猜字、填字母等遊戲，很適合在旅行中使用。能發聲的電子字典，更有利於初學者使用。

◆字典軟體

隨身型電子字典由於受到各種限制，無法完全展現出電腦字典的功能。只有把字典裝入電腦，甚至和各種英語教材合併使用，才能發揮出電腦的作用和威

力。

　字典軟體的好處是查找方便。只要鍵入英文單字即可知道其釋義。有的功能甚至讓使用者只需以滑鼠滑過該字，即顯現出其釋義。

　在電腦上聽寫，再用字典軟體檢查及查詢，是非常有效率的學習方式。

◆ 利用電腦糾正錯誤

　Word 文字軟體和電腦字典軟體都有拼寫校驗的功能，以之檢查文章中的單字拼寫非常方便。通常拼錯的字會自動地被標上紅色波浪底線，此時：

1. 點選「工具」列的「拼字及文法檢查」。
2. 在新出現的小視窗「建議」欄內選取正確的拼字。
3. 點選「變更」即可更改。
4. 如果電腦字典指出的字並沒有錯（例如新出現的字，或電腦字典沒有收錄的特殊專有名詞等），點選「新增」即可將該字加入字典中。

Word 軟體還有檢查文法的功能，能查出連續出

現的相同單字和大寫字母位置是否合適。此類錯誤時
通常會被標上綠色波浪底線。改正方法同上。

　　利用電腦字典軟體糾正拼寫錯誤，要特別注意把
電腦發現的拼寫錯誤收集起來，並有計畫地進行複習
和檢討，以免一次一次地被電腦糾正，還是沒有在自
己的腦子裡留下多少印象，無法以電腦書寫時仍然錯
誤百出。

◆ 從網際網路上找答案或查資料

　　聽英語新聞廣播碰到現有字典查不到的新字（新
出現的專有名詞或新成立的國家名稱等）時，都可以
去網際網路上找答案或查資料。

四 多媒體技術——讓聽寫更有趣

　　多媒體電腦技術集聲音、圖像、文字功能於一
體，如果有條件將其融合於以聽寫法學習英語的過
程，會大大地提升學習興趣和效率。

◆ 用多媒體軟體編輯CD

　　用數位聲音處理軟體，把欲聽寫的聲音內容輸入電腦，形成聲音文件以後，可以進行聲音的複製、搬移和剪接，準確性和品質都非常優異。你還可以在聲音文件裡任意設定一個放音時間長度，無數遍地重覆播放想聽的內容，提升學習效率和興趣。

◆ 用多媒體軟體聽寫

　　用多媒體軟體聽寫，可以在聲音文件上快速滑動，迅速找到所需要的部位，比CD更為方便；此外，同時開啓一文字處理檔案視窗，一邊聽、一邊寫，碰到疑難字還可以立刻查電腦字典。

◆ 使用CD-ROM

　　地圖和百科全書等各種CD-ROM已經非常普遍，為學習英語時查閱參考資料提供了很大的便利。教學式的CD-ROM，也提供了學習者優越的互動式學習環境。

靈活結合妙處多

　　由於電子和資訊技術的發展，學習英語的電子工具越來越多，音頻、視頻、隨身聽、電腦多媒體等，應有盡有。學習者應該因地因時制宜，靈活運用各種學習工具，以達到最大的學習效果。

◆結合電腦和多媒體

　　透過電腦使用多媒體，能使英語學習更有效率、更有趣。電腦結合多媒體後，就像是一個老師，能面對面地指導學習者、能測試學習者的英語程度；電腦結合多媒體後，可以提供各種對話場景，使學習者進入虛擬的英語環境、有身歷其境之感。所有這一切，都是其他電子英語學習工具無法比擬的，學習者應該充分發揮這些功能。

　　但是電腦和多媒體技術的花費較高，而且使用時學習者必須位於電腦螢幕前，因此使用的場合和時間都受到限制。所以讀者應該因地因時制宜，充分發揮各種簡易學習工具的效益，而不要趕時髦和湊熱鬧，為了使用電腦而使用電腦。

◆ 結合音頻、視頻練聽力

學習會話的主要器官是耳朵和嘴，而不是眼睛。所以對於視頻會話教材，可先看一、兩遍，以了解劇情，然後再把其中的音頻轉錄到CD上，以便隨身攜帶，擴展學習的場合和時間。完全聽懂以後，可以帶著輕鬆的心情再回去看畫面，以欣賞演員們的精彩演技和純正英語。

我學習錄影帶教材時，就先用了一個星期的時間，一幕一幕對著文字教材看了五、六遍錄影帶，在詳細了解劇情後即把音頻轉錄到錄音帶上，走到哪裡就用隨身聽聽到哪裡，在一年的時間聽了390多遍，收穫極大。由於對劇情已經了如指掌，每次聽錄音帶的時候，腦子裡就浮現出一幕幕的場景，效果並不比看錄影帶差。

◆ 閱讀仍以書本為主

螢幕看久了會令人頭昏眼花，所以進行閱讀練習時，應該盡量使用書本，而不要用視頻或多媒體。

Chapter 6

慢速英語——
聽寫法的好教材

Methods for
Learning English

◎學英語 給你好方法

 什麼是慢速英語

❀ 慢速英語的由來

　　有些英語教學節目，為了增加「實戰氣氛」，常常穿插一些英美人士日常生活的對話片斷。儘管他們平時就是用這種速度講話，但對於英語初學者來說，這種「正常速度」的英語就像連珠炮似的，實在太快了，根本無法聽懂。即使拿著他們對話的腳本，也不一定能跟得上。這種情況碰得多了，就會使人望而生畏，覺得聽外國人講英語是「高不可攀、可望不可及」的。

　　類似的問題不光是台灣人有，別的國家的人也有。二次世界大戰以後，對英語感興趣的人日益增多，但是如果英語程度不夠高，還是難以聽懂正常語速的普通英語。

　　為了適應這些非英語國家人士學習英語的需要，美國的VOA（Voice of America）電台從1959年10月19日開始，開播了一個名為Special English的節目。英國BBC廣播電台從1989年5月開始，也開播

了 Special English 的節目。而有的電台爲了適應初學者的聽力程度，廣播英語教學課程時，也用類似於 Special English 的語速講解課文內容。

Special English，有人譯爲「**特別英語**」，也有人譯爲「**慢速英語**」。本書採用「慢速英語」這個譯法，因爲正是「慢速」兩個字反映了它的特點。它的特別之處就在「慢速」上，因此也是一種比較容易學習的英語。如果稱之「特別英語」，初學者猛一聽可能還以爲是特別難的英語呢！而且近年來 VOA 已漸漸地用 **Slow-speed English**（慢速英語）一詞取代 Special English，因爲它的主要特點就是 clearly, slowly and understandably, one word at a time。

❋ 慢速英語的特點

與正常語速的英語（**Standard English**）相比，慢速英語有用字淺顯、說話速度較緩慢、句子結構簡明扼要等特點。

❖ 用字淺顯

根據 VOA 的 *Voice* 雜誌，英語總共約有

150,000 個單字。VOA 的 Standard English 用的字彙量約為90,000 個。考慮到初學者的英語程度，Special English 只使用 1,500 個字左右，約為英語總字彙量的1/100。

❖ 說話速度較緩慢

Special English 的說話速度為每分鐘不超過90 個單字，而 Standard English 的說話速度為每分鐘約135 個單字。

❖ 句子結構簡明扼要

Special English 節目特別注意簡化句子的文法結構，一個句子只表達一個意思，每個句子的書寫長度一般不超過兩行。

上述三個特點中最關鍵的是「慢速」。它準確地抓住了初學者遇到的困難，並使反應比較慢的中年人也能跟得上。雖然英美人士正常講話時從來不用慢速英語，但是將慢速英語當成一種學習的途徑，實在是很關鍵的一步。它就像是體育訓練中的「分解動作」和軍隊操練中的「拔慢步」，給予初學者充分的時間去體會和回味，非常適合母語不是英語的初學者。

慢速英語的用字量約爲1,500個，其中大部分都是非常簡單常用的字，有一些會比較困難一點。這些較困難的字通常是在報導新聞、描述醫學或科學時會用到。

例如在一則報導Voyager—II Spacecraft（旅行者二號太空船）的新聞，就有用到了**Neptune**（**海王星**）、**Jupiter**（**木星**）、**Saturn**（**土星**）、**Uranus**（**天王星**）、**Venus**（**金星**）、**Mars**（**火星**）和**Halley's comet**（**哈雷彗星**）等七個專有名詞。

現代科技發展迅速，新字層出不窮，因此報導最新科技動態的新聞，也不得不使用專業性的新字彙。其中有的相當生僻，一般英漢字典裡查不到，或者甚至是剛流行開來的新字，還沒有來得及收入國外剛出版的字典。

慢速英語值得學

也許有的人一聽到「慢速」兩個字，就認爲慢速英語一定是一種程度很低的英語。再看看別人已經聽寫出來的記錄，都是一些很平常的字，因此也不肯下功夫去學、去鑽研。其實，這些最常用的字彙才是英

語的基礎。俗話說得好：「萬丈高樓平地起。」只有把基礎英語學好了，才有可能學習更高深的英語知識。

以聽力來說，**聽慢速英語就是打好聽力的基礎。**以字彙來說，**聽寫慢速英語就是打好字彙的基礎。**

不要小看這些最基本的字彙，即使在一般的英語中，這些最基本的字彙使用頻度也是很高的。美國語言專家Thorndike 教授，在 *Teacher's Word Book* 一書中，以統計數字說明了不同字彙量的使用百分比：

字數	使用百分比（％）	字數	使用百分比（％）
100	58.83	3500	98.30
500	82.05	4000	98.73
1000	89.61	4500	99.00
1500	93.24	5000	99.20
2000	95.38	5500	99.33
2500	96.76	6000	99.46
3000	97.66		

由以上數據可以看出，最基礎的2000 個英語字彙，就佔了日常生活使用量的95％ 以上。由此可

見，只要熟練地掌握基本的英語字彙，就能充分表達自己的思想了。

清朝文學家鄭板橋在談到學習方法時，提倡對於基本的知識千萬不要「眼中了了，心下匆匆，方寸無多，……，一眼即過。」而要認真學習，深入鑽研。只要這樣去做，就一定會達到「愈探愈出，愈研愈入，愈往而不知其所窮」的境地。我在學習和鑽研慢速英語的過程中就是這樣去做的，也確實有了「愈探愈出，愈研愈入，愈往而不知其所窮」的體會，深深覺得慢速英語是值得學的。

學習慢速英語的另一個重要收穫，是**增進靈活運用字彙的能力**。慢速英語常常用一些普通的字彙表達複雜的事物，例如：

❖ 提到「**手榴彈**」時，不用 grenade，而用 **small bomb**

❖ 提到「**地雷**」時，不用 mine，而用 **buried bomb**

❖ 提到「**掃雷艇**」時不用 sweeper，而用 It's a kind of war shop that destroys floating bombs.。

學習中多注意這方面的內容，可以提升自己靈活運用普通字彙表達複雜事物的能力。

 聽懂慢速英語的三個階段

初學者從一開始聽不太懂，到最後能輕鬆地聽懂慢速英語，會經歷三個階段：

❖ **起步階段**：必須邊聽邊寫才能聽懂。

❖ **鞏固階段**：只聽不寫就能聽懂。

❖ **深化階段**：能夠完全聽懂慢速英語，進一步擴大聽寫範圍、提升聽力。

區分三個階段的定性標準是聽力程度的高低，表現在：

1. **辨音能力**

2. **單字的熟練程度**：是否聽到字就能反應、能否習慣成自然地「脫口而出」、對字義的理解是否夠廣等。

3. **思考方式是否符合英語習慣**：能不能直接用英

語去思考和理解、聽的時候腦子中有沒有逐字逐句從英語翻譯到中文的過程等。

4. **聽寫時的心情**：緊不緊張，碰到聽不懂的字會不會影響到後面的收聽等。

5. **掌握的字彙量**。

區分三個階段的定量標準，則主要是聽寫出一分鐘的英語所花的時間和碰到多少生字。

✿ 起步階段

已經具有數千的英語字彙量，能閱讀，但是聽不懂、說不了的人，剛開始聽慢速英語時，由於辨音力差，很多聽不懂的字寫出來後，往往發現是自己認得和會拼寫的，只是因為自己發音不正確或不適應連音和弱讀等現象而沒聽懂，還誤以為是生字。

聽力差，聽的時候就必須全神貫注，因此心情會特別緊張，碰到一個不懂的字就慌了，後面的也聽不懂了，所以只有採用逐字逐句、「邊聽邊寫」的方法才有可能弄懂部分內容，並且要多次反覆後才能弄懂全部的內容。

這一個階段的最主要特色，包括：腦子裡沒有準確的語言形象；辨音能力差；聽了下句就忘了上句；思考方式也不符合英語習慣，因此不能直接用英語去思考和理解內容，聽的時候腦子裡明顯地有一個將英語逐字逐句翻譯到中文的過程。

在這個階段的時候，心裡要很清楚：**聽英語的目的是為了學習英語，而不是為了獲取新資訊**。所以最好是聽寫現成的CD，不要好高騖遠地去聽即時的慢速英語廣播。只有到了本階段的後期，為了檢查自己的程度，可以試著聽聽即時的慢速英語廣播，並錄下來聽寫。

在起步階段的初期，由於聽力差，10分鐘的內容裡會約有30到40個生字，其中的20到30個是「寫出來認得、聽起來不懂」的字，真正的生字只有十幾個。此時聽寫出1分鐘的內容需要花60到100分鐘。

隨著聽力程度的提升，到了起步階段後期，10分鐘的內容裡會有3-4個生字，而且大部分常用的人名和地名等專有名詞都能掌握住了，也不太會有「寫出來認得、聽起來不懂」的字了。此時聽寫出一分鐘

的內容只需要 5 分鐘左右。

　　同樣是慢速英語，不同的播音員或錄音員，會有不同的說話風格，有的連音多而快、比較難聽懂，而有的很少連音、比較容易聽懂。在這個階段的後期，要刻意地去聽不同的人的英語，不要只挑容易聽懂的聽。

　　完成了這個階段的學習後，你的慢速英語就已經達到「會」的程度了。

❀ 鞏固階段

　　在起步階段的後期，隨著辨音能力的提升、思考方式逐漸符合英語習慣，就比較能直接用英語去理解聽到的內容，腦子裡逐字逐句把英語翻譯到中文的過程也逐步減少；聽寫時心情也不那麼緊張了；碰到聽不懂的字，能暫時甩掉，不因此影響後面的收聽。

　　這樣，慢慢地、自然而然地就由必須「邊聽邊寫」的起步階段過渡到能夠「只聽不寫」的鞏固階段。鞏固階段的目標是**使思考方式進一步符合英語習慣，盡量直接用英語去理解聽到的內容**。

　　在鞏固階段的初期，基本已經上沒有「寫出來認

得、聽起來不懂」的字了。聽寫出一分鐘的內容只需要5分鐘左右，偶爾碰到生字，也能根據發音在字典裡查到。

隨著「只聽不寫」的反覆練習，會漸漸擺脫對於書面文字的依賴。到了一分鐘的內容只需要兩分鐘左右就可以聽懂（不須一字不漏地寫在紙上）時，就進入深化階段了。

完成了這個階段的學習，你的慢速英語就達到「熟悉」的程度了。

❀ 深化階段

深化階段的學習目標有兩個：

❖ **擴大英語字彙量**：因此要盡量聽寫自己專業領域之外的英語。

❖ **完全聽懂慢速英語**：能像聽中文一樣，輕鬆自在地聽懂慢速英語，並為過渡到聽寫正常語速的英語做好準備。

完成了這個階段的學習，你的慢速英語就已經達到了「熟練」的程度。

其實，各個階段是互相穿插和滲透的，不是截然分開的。只要自己覺得程度提升了、能夠進入下一個階段了，就試著往下一個階段前進。試了一段時間後，如果有困難，就再返回前一個階段去。即使已經到了深化階段，如果碰到很生疏的詞，還是必須採用起步階段「邊聽邊寫」的辦法才能聽懂。

基礎紮實才能起步

語速緩慢、用字淺顯、文法簡明的慢速英語，對聽者的英語程度要求並不是很高。如果確實具備了紮實的基礎英語，就可以起步去聽慢速英語了。

怎樣才算具備紮實的基礎英語呢？我們可以從字彙量、語音、文法和聽力四個方面去衡量：

❖ **具有基本的字彙量**：能聽、能寫、能讀90％以上的國中英語字彙，即約 1,000 個最基本的常用字彙。

❖ **熟悉英語的語音**：能根據發音在字典裡找到該字，並根據字典上標的音標唸出該字。

❖ 懂得英語的基本文法
❖ 聽得懂國中英語課本的課文

要聽寫慢速英語，以上四點都是很重要的，缺一不可。

◆基本的字彙量

無論是閱讀還是聽寫，都要以一定數量的單字作基礎，否則前進中碰到的「攔路虎」太多，邁不開步子。

閱讀英語時，雖然掌握快慢的主動權在自己手裡，但是如果懂得的字彙量太少，每看一句話，就會碰到好幾個生字、就要去查好幾次字典。而英語一字多義，取哪個釋義比較合適，可能一時無法確定，還需要與前後左右的字連貫起來考慮，才能做最後決定。這樣一來，眼睛就必須在書本和字典之間來回穿梭，非常容易疲勞。

再來，因為每個生字的「形、音、意」都不熟，往往查了後面的忘了前面，所以只好把每個生字的中文意思都寫在單字旁邊，使字裡行間密密麻麻地寫滿

了中文字。這樣做，不但閱讀速度極度緩慢，心情也會非常煩躁，幾頁看下來，早已頭昏腦脹、精疲力盡。不過，儘管是這樣緩慢地「爬行」，但總還是可以繼續閱讀下去。

生字對聽寫造成的干擾，比對閱讀造成的干擾大多了。根據我多年的經驗，剛起步的初學者只要聽到一個生字，就常常會把全部的注意力都集中到該生字上。如果一句話裡有一、兩個聽不懂的字，就會覺得整篇內容都不可能懂了，因此心情非常緊張，一些本來會的字也不會了，結果就無法繼續聽寫下去。

因此，是否具有基本的字彙量，對於聽寫慢速英語是具有決定性的影響力的。**聽寫慢速英語的要求是：至少能默寫和正確地唸出 90 ％以上的國中英語單字，即約 1,000 個最基本的常用字彙。**況且，基本的語音和文法知識，也是建立在一定的字彙量之上，基本字彙貧乏的人，不可能具有基本的語音和文法知識。

◆語音

以聽寫法學習英語，語音的重要性是顯而易見

的。因為在沒有書面文字可供參考的情況下，你所學的是一本無形的「語言課本」，碰到聽不懂的字，就只能根據發音拼寫出一個字，再到字典裡去找。而且你所用的字典也是「無聲的」，如果沒有基本的語音知識，一來不知道到哪裡去找，二來可能所要找的字就在眼前，卻認不出來。

◆文法

基本文法對於聽懂慢速英語的重要性也是不言而喻的。由於英語中同音異義和近音異義的字非常多，在沒有文字可供參考、完全由自己獨立聽寫的情況下，沒有一定的文法做後盾，即使你掌握了所有的同音字和近音字，還是沒有辦法做出取捨，把聽到的內容正確地聽寫出來。

這就像是即使你正確地聽寫出全部的內容了，擺在你面前的卻像是一本沒有標點符號的文言文小說。從哪個字到哪個字是一句話，要靠文法去判斷。只有斷句斷正確了，才有可能理解整篇內容。如果連句子都斷不了，怎麼可能搞懂意思呢？句子斷對了以後，還要靠文法去判斷每個字在句子中的角色，判斷錯了

還會鬧出笑話來。

◆ 聽得懂國中英語

慢速英語的內容比國中英語更難，又沒有現成的課文可以對照，因此，起步去聽慢速英語之前必須具備「聽得懂國中英語課本課文」的聽力程度。

如果你確實紮實地掌握了國中英語，就大膽地起步聽慢速英語吧！

有的人英語學得很紮實，剛起步就能聽懂不少，但是寫出來一看，都是普通的常用字，加上他們總覺得英語應該是莫不可測、高不可攀的，因此明明聽寫對了，卻仍然懷疑：「慢速英語眞的這麼容易聽嗎？」

我可以告訴你，是的！**如果基礎英語紮實，慢速英語就是這麼容易！**只要你確實有紮實的英語基礎，就可以起步聽寫慢速英語，而且還能聽懂不少。

如果你相當於高中畢業的程度，即使以高中70％的單字量計算，掌握的字彙量也起碼有2,000個，開始聽慢速英語更不應該有什麼問題了。

到底自己是否眞正掌握了紮實的基礎英語了呢？

不要只憑自己的感覺，你應該請一個英語程度比你好的人當老師，從字彙量、語音、文法和聽力四個方面逐一檢查。檢查的方法如下：聽一篇國中英語課本的課文，看看自己能不能在不看課文的情況下聽得懂；把課文一字一句地朗讀和講解給英語程度好的人聽，看看自己的基本發音、字彙和文法知識是否紮實、差距在哪裡。

如果你目前還沒有紮實地掌握基礎英語，那就不要急於去聽慢速英語。勉強開始，也許一開始會很投入，但是因為幾乎整篇都聽不懂，不用多久就會放棄了。與其這樣事倍功半，還不如先把國中英語補上來。怎麼補？用什麼教材呢？不少初學者的經驗都顯示，用「聽寫法」一課一課、紮紮實實地聽寫國中英語課本的課文，效果最好。

（四）來聽寫慢速英語

聽寫慢速英語是學習英語非常好的方式。以下詳細說明。

◆ 慢速英語哪裡找？

　　VOA（Voice of America）是個很好的慢速英語來源。它的節目題材廣泛、內容新穎、生動有趣。從難易程度看，大體上可以分為三個層次。比較容易的是各種科技新聞，其次為人文方面的短文和詞語故事，比較難的是國際新聞。坊間已有VOA的CD，非常適合在起步階段時使用（本出版社即有出版VOA的書）。進入深化階段的讀者，可以上網聽取VOA的即時廣播。

　　聽寫中碰到一些沒有現成中文譯名的單字時，不妨直接從英語接受此類單字，而不必在尋找其中文譯名上下過多的功夫。例如：

　　一段報導美國在越南戰爭期間使用「橙劑」（agent orange）後導致各種後遺症的新聞中，有這樣一句話：

The second is a serious skin disease—porphyria cutanea tarda.

　　對於不是專門從事醫學的人來說，可以不必

深究porphyria cutanea tarda 的中文翻譯，只要知道它是一種嚴重的皮膚病就可以了。

◆先聽CD ，後聽廣播

不少人在下定決心學習慢速英語以後，就急切地想開始去收聽慢速英語廣播，如：新聞、英語教學廣播節目等。事實上，聽懂這種即時的慢速英語廣播需要相當的聽力程度。但是根據我的教學經驗，絕大部分的大學生都達不到這個程度。

勉強去聽，只能斷斷續續地聽懂一些簡單的單字，學習的興趣很快就會降低。因此比較實際的做法是先按照聽寫法的要求，踏踏實實地聽寫現成的CD 。

◆認識自己起步時的程度

開始聽寫慢速英語前，要先認識自己起步時的聽力程度。怎麼做呢？先從頭到尾聽一遍CD 的全部內容，而且聽的時候不要對照著原文。

這對於絕大多數沒有相當聽力基礎的人來說，一定很困難：或者根本聽不出整片CD 的內容是什麼；

或者雖然能斷斷續續地聽出一些單字，但整體上還是不知道裡面在講什麼。

從頭到尾聽了一遍以後，不但能弄清楚自己的聽力程度到底在哪裡，同時也可以初步體會一下聽英語的困難在哪裡，以便針對這些困難加強自己的能力。

接下去，就是逐篇地聽寫 CD 裡的內容了！

◆ 聽寫慢速英語

按照聽寫法的要求開始聽寫，「聽、寫、說、背、想」五法並用，不到萬不得已不看原文。這樣做難度較大、進度較慢，但是進步快，而且可以鍛鍊出邊看原文邊聽 CD 的學習方式無法培養出的能力。其中最主要的就是「獨立作戰」的能力，例如：能根據發音從字典裡找到該生字，能判斷自己聽寫的對不對……。

也許剛開始進入情況的速度會很慢，但是因為聽寫中的困難都是自己解決、自己找到答案的，獨立作戰的能力也因此獲得鍛鍊。一段時間後，進入情況了，聽寫就會順利多多了。

學習的進度會因人而異，但是切記，一切以達到

6
慢速英語──聽寫法的好教材

學習目標爲標準。學習進度快起來容易、慢下來難，爲了獲得實際而紮實的英語，要時時告誡自己：「慢些、慢些、再慢些！」

獨立聽寫出第一篇短文以後，要好好地檢討一次，仿照下一節「錯誤分析」的方法，分析自己的聽寫記錄，看看錯在什麼地方、爲什麼錯、以後怎樣避免等。

五 大家來改錯──兩篇聽寫記錄

舉例是最好的說明方式。下面以兩位初學者剛起步時聽寫一篇科技短文 *Wind Energy*（風能）的聽寫記錄爲例，說明各種聽寫錯誤所反映出來的問題。

這兩篇記錄的作者都是電信科技人員。其中一位是具有大學學歷的中年科技人員，簡稱 A 生。另一位是具有大學學歷的青年科技人員，簡稱 B 生。

Wind Energy 一文的聽寫記錄是他們的第一篇作業，但並不是聽寫的初稿，而是他們反覆推敲後，認爲最能體現自己程度的「最終答案」。從我自學和輔導別人的經驗來看，他們在聽寫中所反映出來的問

題，都具有一定的代表性。

❋ 聽寫記錄

以下是兩人的聽寫記錄。畫底線的字是他們聽寫出來的錯字，括弧裡的則是正確答案。

◆ A 生的聽寫記錄

People have used wind energy for thousands of <u>year</u> (years). You can <u>used</u> (use the) wind to move a boat, to power <u>matchines</u> (machines) that crush <u>green</u> (grain), or to produce electricity. One of the <u>must</u> (most) common uses <u>at</u> (of) wind power is to pump water. All wind energy <u>matchines</u> (machines), windmills, work much <u>to</u> (the) same way. All include some kind of device to catch the wind. Some use cloth <u>cells</u> (sails), others <u>as</u> (have) sheets of bamboo, <u>are</u> (or) metal, or wooden blades. The blowing wind moves these <u>cells were</u> (sails or) blades, the movement turns a shaft device, and the turning <u>provided</u> (provides) <u>they</u> (the) energy for a

water pump or other <u>matchine</u> (machine). The windmill <u>cost</u> (costs) money of course, but the wind itself is free.

Windmills with cloth <u>cells</u> (sails) are ___ (the) most popular in <u>money</u> (many) developing <u>notions</u> (nations). <u>A</u> (The) cloth <u>cells</u> (sails) system <u>need</u> (needs) little wind to start, it is <u>lower</u> (low) in weight and <u>cast</u> (cost), and it is not <u>difficulty</u> (diffcult) to build and fix. Generally, you can build this kind of windmill with local cloth, wood and other materials.

Another kind of windmill has many metal blades <u>in stand</u> (instead) of the cloth <u>cells</u> (sails), it <u>turnes</u> (turns) more slowly and <u>coaster</u> (costs) more <u>mony</u> (money) than <u>cell</u> (sail) <u>when meals</u> (windmills), but ___ (it) usually can pump water from <u>deep</u> (deeper) holes and ___ (it) <u>need</u> (needs) to be fixed less often.

A <u>thired commen</u> (third common) kind ___ (of) windmill has only two or three metal <u>blads</u> (blades).

The <u>blads</u> (blades) look much like ___ (the) propeller at the front ___ ___ (of an) airplane. They turn very fast, and ___ (the) system usually is used to produce electricity.

Of course, people in many countries often change the design of each of <u>this</u> (these) different <u>one</u> (wind) <u>mill</u> (mills) to meet local needs and <u>conditional</u> (conditions). <u>When the</u> (Wind) mills are not always the best way to pump water, they work well only if there is a lot of wind, and if the water is not too far <u>under the ground</u> (underground). <u>When the</u> (Wind) mills work especially well on <u>Irelands</u> (islands), <u>that</u> (that's) because many <u>Ireland has</u> (islands have) strong winds and water near the surface.

<u>When the</u> (Wind) experts <u>worn</u> (warn) that it is very important to <u>manage</u> (measure) wind <u>sped</u> (speeds) before building or <u>buing</u> (buying) a windmill. In many areas, wind <u>speed</u> (speeds) change <u>grently</u> (greatly) during <u>difference</u>

(different) seasons. For this reason, you must manage (measure) the wind speed regularly for at list (least) one comply (complete) year before starting a windmill project. ___ ___ (Also put) the windmill directly in the passed (path) of ___ (the) wind and it short (should) be much higher then (than) nearby trees and hours (or houses).

◆ B 生的聽寫記錄

People ___ (have) used wind energy for thousand (thousands) of years. You can used (use the) wind to move a boat, to power machines that crushing (crush) grain, or to produces (produce) electricity. One of the most come to (common) uses of wind power is to pump water. All wind energy machines, windmills, were (work) much the same way. All includ (include) some kind of divice (device) to catch the wind. Some use cross cells (cloth sails), ___ ___ ___ ___ (others have sheets of) bamboo, or metal, or wooden blends (blades). The blowing wind moves <u>this</u> <u>cells</u> (these sails) or <u>blends</u> (blades), <u>a</u> (the) movement turns a <u>shift</u> <u>divice</u> (shaft device), <u>and</u> (the) turning <u>provided</u> (provides) the energy for a water pump <u>per</u> (or) other machine. The windmill <u>cost</u> (costs) money of course, but the wind itself is free.

Wind mills with <u>cross</u> <u>cells</u> (cloth sails) are ___ (the) most popular in many developing nations. <u>A</u> (The) <u>cross</u> <u>cells</u> (cloth sails) system needs little wind to <u>starts</u> (start), it is <u>roll</u> (low) in weight and <u>coust</u> (cost) and <u>this</u> (it) is not difficult to build and fix. Generally, you can build this kind ___ (of) windmill with local <u>cross</u> (cloth), wood and other <u>material</u> (materials).

Another kind of windmill has many metal <u>blends</u> (blades) instead of ___ (the) <u>cross</u> <u>cells</u> (cloth sails), it turns more slowly and <u>cost</u> (costs) more money than <u>cell</u> (sail) windmills, but ___ (it) usually can pump <u>the</u> （沒有這個字） water from <u>deep</u> (deeper) holes and ___ (it) <u>need</u> (needs) to be fixed less often.

A first came (third common) kind ___ (of) windmill has only two or three metal blends (blades). The blends (blades) look my eye (much) like ___ (the) propeller at ___ (the) front of ___ (an) airplane. They turn very fast, and ___ (the) system usually is used to produce electricity. Of course, people in many country (countries) often change the design of ___ (each) of these diffrent (different) windmills to meet local needs and conditions. Windmills are not always the base (best) way to pump water, they were wall (work well) only is (if) there is a lot of wind, and its (if) the water is not too far under the ground (underground). Windmills were exceptionally ___ (work especially) well on islands, that (that's) because many islands have strong wind (winds) and water near the surface.

___ ___ ___ (Wind experts warn) that it is very important to measure wind speed (speeds) before building or ___ (buying) a windmill. In many areas,

wind <u>speed</u> (speeds) change greatly during different <u>season</u> (seasons). For this reason, you must measure the wind speed regularly <u>or</u> (for) at least one <u>complied</u> (complete) year before starting a windmill project. <u>Although</u> (Also) put ___ (the) windmill directly in ___ (the <u>pasts</u> path) of the wind and ___ ___ (it should be) much higher than nearby trees and <u>hours</u> (or houses).

❋ 錯誤分析

　　兩篇聽寫記錄中的錯誤約有 130 個，其中因爲是生字而聽不出來或聽錯了的並不多。對他們兩個人來說，全篇眞正的生字只有：shaft、pump、bamboo、mill、propeller、blade、sail 等七個，其中除了兩人都聽寫錯的 sail 和 blade 、和 B 生寫錯的 shaft 三個字外，其餘的生字他們都正確地聽寫出來了，剩下的 120 多處錯誤都是聽力程度不足和英語拼字、文法不熟練所引起的。

◆聽力程度不足造成的錯誤

1 明顯的單字根本沒有聽出來

在 A 生和 B 生的聽寫記錄中，這在所有的錯誤中只佔很小的一部分。

2 弱讀的單字沒有聽出來或聽錯

兩篇聽寫記錄中錯的較多的就是 a、the、of、have、or、are、at 等短小的單字聽不出來或是聽錯了，每篇都有十幾處之多，在所有的錯誤中約佔四分之一。

由於「弱讀」而沒有聽出來名詞詞尾的 s、動詞後面的 s、ed 等的錯誤，在兩篇記錄中也有好幾處。

3 辨音能力差引起的錯誤

有的正誤兩字之間相差還很大。此類錯誤在所有的錯誤中佔了相當大的比例。例如：

❖ 正 cloth　　　❖ 正 sail
　誤 cross　　　　　誤 cell

- ❖ 正 blade   ❖ 正 difficult
  誤 blend 或 blad   誤 difficculty

【4】不適應連音而引起的錯誤

屬於這種錯誤的有以下幾處：

一般人總認爲我們在初學聽力時會是不適應連讀，因此容易把兩個字誤聽成一個字，但其實初學者在剛開始聽寫時，卻常常把一個字聽成好幾個字，例如：

- ❖ 正 use the   ❖ 正 instead
  誤 used   誤 in stand
- ❖ 正 wind   ❖ 正 underground
  誤 when the   誤 under the groun
- ❖ 正 common
  誤 come to

【5】語音知識不足造成的錯誤

- ❖ 正 many islands
  誤 many Irelands

island 這個字中的字母 s 是不發音的，再加上辨別不出 Ireland 一字中 r 的音，因此犯了以上的錯誤。

但是如果在聽寫的過程中，時時想想聽寫出來的內容是否符合邏輯和客觀事實的話，或許就能自己發現此處用 Ireland 這個字是不對的。因為 **Ireland** 是「**愛爾蘭**」，在世界上只有一個，怎麼可能有 many Irelands（許多個愛爾蘭）呢？

雖然知道 Irland 是錯的，也不一定能找到正確的答案 island ，但至少可以促使你不斷地去尋找正確的答案。

◆拼字不熟練而產生的錯誤

❖ 正 common
　 誤 commen
❖ 正 device
　 誤 divice

❖ 正 speed
　 誤 sped

◆ 拼字不正確而產生的錯誤

❖ 正 greatly
　誤 grently

❖ 正 cost
　誤 cast

❖ 正 nation
　誤 notion

❖ 正 most
　誤 must

❖ 正 costs
　誤 coaster

❖ 正 third
　誤 thired

　　這種錯誤是初學者自己很難發現和糾正的，因為他們認為自己已經聽寫正確了。為了及時發現此種錯誤，要多請教英語程度比自己好的人，同時也應該對自己的聽寫記錄多些懷疑，多查字典和看文法書籍，看看自己聽寫出來的各個單字的音標是否與錄音帶上的發音相一致、放在句子裡是否符合文法、邏輯上是否講得通等。

◆ 基本文法不熟練引起的錯誤

　　此類錯誤不是因為不懂文法而產生的，而是由於文法不熟練引起的。

◼ 第三人稱動詞現在式字尾沒有加「s」

❖ 正 The windmill costs money.

誤 The windmill cost money.

❖ 正 The cloth sails system needs little wind to start.

誤 A cloth cells system need little wind to start.

◼ 名詞單複數的錯誤

❖ 正 thousands of years

誤 thousands of year

❖ 正 People have…

誤 People has…

❖ 正 many countries

誤 many country

◼ 時態錯誤

❖ 正 the turning provides

誤 the turning provided

4 不定詞 to 後面沒有用動詞原形

❖ 正 to stort

　　誤 to starts

❖ 正 to produce electricity

　　誤 to produces electricity

5 助動詞後面沒有用動詞原形

❖ 正 you can use the

　　誤 you can used

6 一個句子沒有動詞或出現多個動詞

❖ 正 others have sheets of bamboo

　　誤 others as sheets of bamboo（沒有動詞）

❖ 正 machines that crush grain

　　誤 machines that crushing grain（沒有動詞）

❖ 正 The blowing wind moves these sails or blades,...

　　誤 The blowing wind moves these cells were blades,...（有兩個動詞）

7 各種詞類搭配不對

❖ 正 the best way

　　誤 the base way

❖ 正 one of the most common uses

　　誤 one of the must common uses

　　那種認為因為聽力程度低，就無法避免這種錯誤的看法是不正確的。上述各種錯誤所涉及的都是最基礎的英語文法，具有紮實的國中英語的人都應該非常熟練，要能在看、聽、寫英語的時候不須思考就反應出來。

❀ 你也發現了嗎？
──基礎一定要紮實！

　　A 生和 B 生的聽寫記錄中，真正因為有生字而聽不出來或聽錯了的只有 blade 、sail 和 shaft 三個字，其餘的 120 多處錯誤有不少是「聽懂了，但寫錯」的。這種錯誤比「聽不懂」還不好處理。因為有了「聽不懂」的地方，就會不斷地催促自己去把它弄懂，而那種「聽懂了，但是寫錯了，自己卻以為是正

確的」錯誤，初學者往往很難發現，因為既然認為都聽寫對了，不懷疑自己有錯，怎麼還談得上發現和糾正呢？

初學者對照著原文聽CD，往往都能聽懂絕大部分，但是自己獨立聽寫，卻困難重重、錯誤百出。為什麼會這樣呢？最關鍵的問題就是英語基礎知識不紮實。

所以已經能順利地閱讀英語專業書籍、也學過三、四千個英語單字的人，更要注重基本的聽寫能力的訓練。一旦能夠像聽中文廣播一樣輕鬆自在地聽懂英語廣播，全民英檢、托福、GRE、多益的聽力考試，都易如反掌了。

Chapter 7

如果你
還是學生

Methods for
Learning English

◎學英語 給你好方法

如果你還是學生，也絕對可以使用聽寫法。

1990 年我首次把自己學習英語的成功經驗總結出來並大力推廣時，還沒有輔導學生用聽寫法學習課本的直接經驗，也沒有從他人獲得間接經驗，所以敘述聽寫法時，多以「成年人」和「自學者」為對象。

1993 年以後，我和一些熱心推廣聽寫法的同好，輔導中、小學生和大學生用聽寫法學習學校的英語課本，獲得不少經驗。隨著聽寫法的普及，許多學生也獨立地成功地運用聽寫法學習課本。由此可見，聽寫法既適合自學者，也適合在校學生。

你是哪一種學生？

學生的英語成績分布，往往呈現「兩端少、中間多」的狀態。學得特別好的約占 5-10％，學得特別不好的約占 10-20％，其餘的 70-80％是中間狀態。

形成這種分布的原因有很多。就學習方法而言，主要是有沒有「一開始就認真」和「平時就努力」。

有的學生一開始就很認真，平時就很努力。他們重視打牢基礎，經常朗讀課文，而且熟讀到會背誦的

程度。

　　由於英語考試主要是在測驗學生對於已經學過的內容在音形義三個方面的記憶程度，即「只考學過的，不考沒有學過的」，所以這些課文已經熟練到了能背誦的學生，面對每一次考試，都胸有成竹，成績自然不錯。

　　對他們來說，考試不是一種負擔，而是展現自己學習成績的機會。而每獲得一次成績，就是一次鼓勵，因此他們越學越有趣，也覺得英語是最好念的一科。

　　有的學生正好相反。開始學英語時，覺得沒有什麼難的，就不肯下功夫去朗讀和背誦，基礎英語也學得很不紮實。他們平時不努力，要考試了才臨時報佛腳，能考及格就心滿意足。

　　隨著年級的升高，欠的賬越來越多，與學得好的人差距越來越大，而且趕不勝趕，因此必然會覺得英語是最難念的一科。

　　以這種方式學英語的學生，即使後來取得了較高的學歷（例如碩士或博士學位），實際的英語程度可能還不如學得好的中學生。

人們對英語的重視日益升高，從小學到大學，英語都是很重要的一科。老師努力教，學生努力學，但是結果好像仍然不很令人滿意。其中尤以「費時低效」和「啞巴英語」最為令人詬病。

為了解決這些問題，不少人建議把英語字彙量增加一倍，同時加強聽說能力的訓練。

但是，英語課的時數恐怕難以成倍增加，學生與教師的努力程度恐怕也難有大幅度的提升。

其實，最根本的原因不是教材，而是學生的學習方法與態度。

想想看，你是哪一種學生？

 ## 不要本末倒置

學英語，千萬不要本末倒置，否則往往會事倍功半。

◆當學生時不把握時間學，
畢業後才想要好好學

這樣一圈轉過來就是十幾年時間。學生時代是學

習的黃金季節，錯過了是很可惜的。雖然說學習從來不嫌晚，但是學生時代畢竟是學習的最好時期，錯過了是非常可惜的。

◆上課時不注意聽老師講課，而把希望寄托在家教、補習班

學英語最好的方式就是上學聽老師講課。老師是過來人，也了解自己的學生，因此能針對學生的問題進行講解、突出重點，遠不是臨時請來的家教或是學生一大票的補習班老師所能比擬的。

上學是接受新知識最快的一種方式。不過，在上學的過程中也要逐步養成自我學習的習慣。因為人畢竟不可能永遠都在上學，而有些知識也是無法都在學校裡學會的。畢業後，透過自我學習就成了主要的求知途徑。

但是只要還在求學，就應該好好把握，充分利用有老師指導的時間和機會，盡可能學得更多、更好。不要本末倒置，上學時不好好學，離開學校以後再去用補習、自修等的方式補回求學時代沒學好的知識。

我們可以這麼說，上學求知是事半功倍，而不得

法的自我學習則是事倍功半。

◆不重視課本，
而把注意力集中在課外讀物上

學習英語最好的教材就是教科書：中學英語教科書或大學英語教科書。教科書都是由專家編寫的，會比以偏概全的某些讀物好。

◆五分鐘熱度

興頭起來時下的功夫很多，但是短時間內看不到成效就洩氣。

學習英語是一個長期而艱苦的過程。下決心學英語後，首先要冷靜而理智地分析自己的情況（程度、目標和環境等），然後制定切實可行的學習目標和學習計畫。

執行計畫時更要有鍥而不捨的毅力，碰到再大的困難也要堅持下去。

要做到這一切，需要的是理智而冷靜的頭腦，絕不是一時的衝動和狂熱。

◆屢次改變學習方法，
老是在教材和方法上兜圈子

例如想學會話的人聽說某本教會話的書不錯，就跑去買那本書。學了第一課，覺得很容易，都會（其實並不一定很熟、也不一定會背）；學了第二課，覺得也很容易，也會；這樣一直進行到第八課、第九課，再往下學，就覺得有點困難了，不學了。

正在猶豫觀望的時候，又聽別人說某本英語教學雜誌比原來那本書好，於是就放下那本書，改用那本雜誌學英語，但又不紮紮實實地學到底，沒多久又開始厭倦，又想更換教材。

很多人書架上的英語書籍很多，但就是沒有一本是真正從頭到尾念完的。其實，各種英語課本和教材都非常好，只要一課一課腳踏實地念完，就一定能學會英語。

我碰到過不少大學畢業的人，他們很想學英語，有的也確實進過各式各樣的速成班、加強班或提升班。但是一年一年累計起來，花的功夫並不少，但收效並不明顯。正如一位有此經歷的人所說的：「一次

一次地企圖速成，一次一次地速而不成。結果每下一次決心學英語，就多一次失敗記錄，對於英語的畏懼又增加一分。」

對於各種英語學習方法不要有不切實際的期望，幻想使用了某種方法以後自己的英語程度就會奇蹟般地進步。

雖說條條道路通羅馬，但是所有通向成功的道路都是崎嶇的山路，而不是平坦的大道，只有不畏艱險、鍥而不捨的人，才會成功。

每個人的聰明程度大體上是差不多的，任何一個學習英語成功的人都有背後一段艱苦努力的過程，其區別僅僅在於有的人如實敘述，有的則輕描淡寫罷了。

運用聽寫法的同時

我非常鼓勵學生用聽寫法去學習課本，但是，同時要注意「認真聽課」和「以課本為主要教材」。

◆認真聽課

老師都是過來人，知道什麼是關鍵，會反覆強調與講解；老師累積了多年的教學經驗，了解學生學英語可能會在什麼地方出錯、和如何避免此類錯誤。這些都是課本上沒有的，只有全神貫注地聽老師講解才能領會與掌握。所以對於學生來說，認真聽老師講課是學好英語最關鍵的一環。

有的學生上課時不用心聽講，結果課堂上沒有學會，回家後又要請家教、進補習班，形成一種惡性循環。課堂教學的作用是任何家教與補習班都取代不了的。一個小時不用心聽課，兩個小時的家教還是補不回來。

任何一個學生，只要一課一課按照老師的要求，課前預習、課後反覆朗讀，課文熟練到能背誦的地步，就一定能成為同儕中的佼佼者。

◆以課本為主要教材

學生所用的課本都是由英語專家們根據長期教學經驗編寫而成的。學生在學習過程中一定要緊緊抓住

課本,將課本的內容念熟。切忌好高騖遠,不要課本的內容都還不熟練,就把精力花在課外的英語教材上。

只要把課本的內容念到「熟練」的地步,不但可以考出很好的成績,而且也為今後的學習(或自學)打下良好的基礎。

◆不局限於課本

緊緊抓住課本並不等於僅僅學習課本,為了獲得廣泛的英語知識,尤其是為了及時學到新出現的英語知識,最好能充分利用各種機會,事事學、處處學(詳見第一章「處處學、事事學」一節)。

英語學得比較好的大學生,應該把英語學習的範圍擴展到其他領域去。例如:仔細閱讀一本英語小說或專業雜誌等。

這裡所說的仔細閱讀,是指從書的封面左上角開始,一直閱讀到封底的右下角。閱讀的時候,也要按照聽寫法的要求,逐字逐句學,力求字字懂、句句懂。只要這樣做,不但閱讀能力可以快速提升,同時還可以學會許多專業英語字彙。

（四）你要應試技巧，還是實際能力？

學生運用聽寫法學習英語時，首先要搞清楚是為考試而學，還是為了實際提升英語能力而學？目的不同，學習方法也不同。

聽寫法著眼於全面提升實際英語能力，提倡腳踏實地、紮紮實實下工夫，不企求短期速成；而為考試而學，則就事論事，不著眼於實際能力的培養和提升，以通過考試為唯一目標。

❀ 注重實際能力，
得益一時更得益終生

學習英語的根本目的在於應用，所以一開始學英語時，就應該把注意力集中在提升實際能力。

實際能力在一生中都會發揮效用，不但讓我們在走出校門以後應用在學校裡學到的英語知識，而且還讓我們繼續前進、獲取新的知識。

一般說來，具有實際英語能力的人，都具有良好的應試能力，或者稍加訓練即可具備極佳的應試能力。

正因為這樣,聽寫法主張在聽寫過程中通過逐字逐句學、打牢基礎,不主張囫圇吞棗、在程度低的情況下去抓關鍵字和聽大意。

✽ 注重應試技巧,
　 得逞一時而貽誤終生

既然是考試,就必然會產生應試技巧,像是怎樣在聽不懂的情況下做聽力選擇題(如聽完一遍題目後,從選項中找線索等)。

此類應試技巧有時也會對考試成績產生一定的作用。例如:靠著這類技巧,多選對了一題,最後以61分及格;如果剛好不知道這個技巧,少選對一題,結果就以59分敗北。及格與不及格,似乎有很大的差別。

正因為這樣,此類考試技巧對於那些在及格線上下掙扎的人很有吸引力,因此他們常常花上大量時間去學習和體會此類應試技巧。

學會此類技巧的人,雖然可能因此勉強通過考試,表面上看起來聽力程度還可以,但是,在實際生活中聽外國人講英語時,由於沒有文字答案可供參

考，他們眞實的聽力程度便完全暴露出來，這時他們才發現自己根本聽不懂。

由此可見，注重應試技巧，得逞一時而貽誤終生。

❀ 考61分，不如考59分

基於以上的理由，我曾明確地向各種學歷、各種程度的應試者提出「考61分，不如考59分」的態度。因爲考59分的人如果下定決心踏踏實實地複習英語，便有可能眞正學會英語而受益終生。

有一位大學生，大二時以77分通過了學校的第一階段英語考試，當時被認爲是班上英語程度較好的。

但是，大學畢業前他先後參加過五次第二階段考試，都沒考過，成績總在58.5分到48分之間。

讀研究所後，他踏踏實實地按聽寫法的要求，逐字逐句聽慢速英語，五個月後就可以順利地聽懂。

　　隨即他再去參加第二階段考試，結果以 90.5 的高分排行全校第一名。

　　研究所畢業後，他沒有進任何補習班，完全利用下班時間和假日，用聽寫法去準備托福考試，結果考出 627 分（電腦化測驗 264 分）的好成績。

　　他很有感觸地說：「如果第一次考第二階段考試時，連蒙帶猜地考了 60 幾分過關的話，我可能會以為自己英語程度還不錯，就不會肯花功夫打基礎了，也不可能取得這些好成績了。」

　　不管是托福、多益、或全民英檢，靠連蒙帶猜以及格邊緣分數過關的人，拿到了證書以後，可能再也不會學英語了，結果一輩子都沒有實際的英語能力。對他們來說，考 61 分，還不如不如考 59 分。

❀ 一步跟不上，步步跟不上

　　不少人考試成績不好的狀況是「一步跟不上，步步跟不上」，其中最主要的原因便是基礎不紮實。

　　剛接觸英語時，一般學生都會因為好奇而喜歡學

英語，但是，這些學生很快就會分化。有的學生學得好，他們越學越喜歡英語；有的學生學得不好，便開始對英語不再好奇，並慢慢地害怕上英語課，而且是每上一課，對英語的害怕就增加一分。

形成這種分野的原因很多，其中很主要的一個原因，就是在開始學英語時，是不是重視語音的學習和課文的朗讀背誦，能不能做到學一課會一課。

如果能，英語成績一般都會不錯。學期一個一個地過去，他們的英語程度也一步一步地提升，而且越學越喜歡英語，整個學習過程成為一個良性循環。

如果一開始時就忽略了語音的學習和課文的朗讀背誦，沒有做到學一課會一課，英語成績就不會好。

如果說在學校裡上第一課英文時，大家都在同一個起跑線的話，隨著課程一課一課地向前推進，學生彼此之間的距離也會慢慢地（一個字一個字地、一課一課地）拉開。

第一個學期大家的英語成績可能不會有很明顯的差別，但是兩個學期、三個學期以後，差距就越來越明顯了。沒有學好發音的學生，在小學、國中階段也許考試還能及格，但是他們的學習是很被動的，學習

完全是為了應付考試，對於英語的好奇心很快就被厭倦情緒所取代。

大家都從字母、音標開始學，用的是同一種課本，老師也是同一個人，為什麼會產生這種差距呢？

有人會辯解說是家庭的英語環境決定的：家裡有人會英語，孩子的英語就學得好。不過，在 CD player 如此普及的今天，不是每個學生都可以聽到標準的英語嗎？

因此，關鍵應該是學習的第一步是否邁得好。如果第一步沒走好，一步跟不上，又不能及時補上的話，就會陷入步步跟不上的困境。

有些學生基礎不紮實的狀態會一直延續到高中、大學，他們在英語學習上的被動程度和苦惱程度也隨著學歷的提升而增加。

在整個英語學習過程中，他們根本感受不到透過英語學習了解外國文化的樂趣，他們感受到的永遠是不堪忍受的負擔和苦惱。

一旦發展到了這個地步，不但在英語學習上很難再取得進步，而且還可能會影響其他科目。由於英語是主科，也是升學考試中得分和失分的關鍵，英語學

不好的學生必然得把大量的時間花在英語上，也因此影響了其他科目的成績。

英語學得好的人在考試中靠英語得分，學得不好的人則在英語中丟分。對於他們來說，如何提升英語成績已成了整個課業的主要問題。

❋ 什麼時候努力都來得及！

不少中學生和大學生認識到自己的基礎英語不紮實，想補上，卻又認為來不及了。其實，只要下決心，什麼時候補都來得及。只要踏踏實實地把基礎英語知識補起來了，很快就可以取得英語學習的主動權，重新培養起學英語的好奇心和興趣。以下說明具體的方法。

◆ 利用課餘時間和假期，
系統性地複習國中英語

我曾以國中三年級英語課本為教材，為高中生和大學生在課餘時間和假期補習。我要求他們模仿錄音帶上的聲音，反覆朗讀有故事情節的課文，直到能脫口而出地背出為止。每天念兩個小時，一、兩個月下

來，一般都可以背上十幾篇課文。

一旦到了能脫口而出地背出十幾篇課文的程度，他們就具有中等程度的實力了，新學期再上英語課時，就不會那麼被動和苦惱了。如果他們在隨後的學習中，仍然堅持學一課背一課的做法，慢慢地就會成爲同學中的佼佼者，在各種考試中獲得優良的成績。

◆配合目前的課程

配合目前學校的課程，按照聽寫法的要求，做到上一課會一課、能逐字逐句正確地朗讀課文、並且熟練到能背出來爲止。

只要這樣去做，不但可以跟上學習進度，更可以很快就取得英語學習的主動權，重新建立起對英語的濃厚興趣，使隨後的學習過程成爲一個越學越愛學的良性循環。

❀要考試了嗎？

人們對待考試的心態因程度不同而不同。

對於英語基礎紮實、平時就在努力的人來說，各種考試不過是展現程度的機會。而對於基礎不紮實、

平時不努力、臨時抱佛腳的人來說，準備考試時的心情是很慌張忙亂的。

他們知道自己各種英語能力都不好、都需要在考前加強，但是時間有限，因此往往什麼都補了，但是什麼都沒有補紮實。在補不勝補的情況下，必然會把寶貴的時間花在考試技巧的訓練上，日復一日地做各種模擬試題。結果付出的努力不小，但是考試成績並不理想，實力更是沒有任何進步。

對於要考試的學生，我有以下這幾點建議。

◆ 從基礎做起
——爭取成績，更贏得實力！

不要就考試說考試，應該把眼光放遠一些，爭取在半年或一年以後的同類考試中取得更好的成績。

不要覺得半年、一年時間太長了，其實光陰似箭、歲月如梭，轉眼就是半年、一年過去了。

只要肯踏踏實實地從基礎做起，實際能力提升了，什麼考試都不怕，都可以考出好成績。

◆ 準備好了再去考

學校以外的考試（如全民英檢、托福、GRE、多益等），準備好了再參加，最好第一次就考出好成績。不要趕時髦，看到別人報名了，自己也去湊熱鬧。

◆ 不要做過多的模擬試題

平心而論，做模擬試題只能檢查寫題目的當時到達了什麼程度，而不可能提升程度。即使偶爾從某個模擬題中學到一點應試技巧，真正考試時並不一定能用上。從基礎著手真正提升了能力以後，什麼樣的題目都會做。

怎麼具體運用聽寫法？

所有的學生都可以用聽寫法配合學校的英語課程學英語，但是在具體應用上會因程度的高低不同而不同。

◆ 還不熟悉發音時

還不熟悉發音，還沒有掌握語音知識以前（小學和國中一年級），用聽寫法學習英語時，可以按以下三步驟進行：

❖ 第一步：一邊聽 CD 的標準發音，一邊模仿，直到能看著課文正確地朗讀為止。發音這一步一定要特別注意把關好，一定要跟著 CD 的標準英語練習，切忌模仿不標準的發音，否則將來還要花很多功夫去糾正錯誤的發音。

❖ 第二步：反覆高聲朗讀課文，直到會背誦為止。

❖ 第三步：聽寫課文，並要求每一個字都能正確地拼出來。

◆ 熟悉發音以後

熟悉發音以後，就可以在預習和複習課文的過程中使用聽寫法。

1 預習

盡量在不看書的情況下聽寫下一課的生字和課文,然後對照書本,看看寫對了多少字、哪些字拼不出來或拼錯了。新的文法,也可大致上看一看,看懂多少算多少。

拼不出來或拼錯了字,如果是過去學過而沒有記住的,至少要就地糾正 20 遍。如果是下一課要學的生字,也要分析自己為什麼聽寫不出來,是碰到新的發音規則?還是已經學過的語音知識沒有掌握好?

2 聽課

通過這樣的預習,老師在課堂上教該課的生字和課文時,腦子裡已經不是一片空白,而是帶著問題去聽講的。當老師講到你的疑難處時,一定會使你特別專心,因而印象深刻、記得牢。

3 複習

聽寫課文。拼寫沒有把握的字要重點複習,習慣性的錯誤要就地糾正 20 遍。

把課文順利地聽寫出來後,還要反覆朗讀課文,重要的課文要熟讀到能背誦為止。

◆上大學後

　　大學生和研究生除了可以用聽寫法複習與預習所學的課文外，還應該利用機會使用英語。結合學習與應用，在應用中學習、在應用中進步。

　　英語的應用方式很多，閱讀英語教科書是應用，聽英語廣播和看英語節目也是應用。英語廣播無處不在、無時不在，只要有一台收音機即可進行，簡單易行。

　　聽廣播既是應用英語的廣闊天地，從中可以獲得最新資訊，同時也是學習英語的永久課堂，從中可以學到許多書本上沒有的最新英語知識。

　　從中學到大學，至少學了 10 年英語，如果除了應付考試以外，不把它作為了解世界的工具，實在是太可惜了。

　　我建議讀者先聽慢速英語廣播，它的用字量只有1,500 個左右，而且文法簡單、語速緩慢，具有紮實英語基礎的人都可以聽懂。

　　熟悉慢速英語以後，可轉聽一般英語廣播。

◆畢業以後

一般說來，英語程度與其學歷成正比，但是其實也不盡然。有些大學生的實際英語程度可能還不如中等學歷畢業生。

自學時，一定要從自己的實際程度出發，缺什麼學什麼。即使已經大學畢業，如果語音知識不紮實，就老老實實地像小學生一樣從音標學起。

如果基礎已經打好，找個固定的教材（如英語新聞廣播、或任何英語教學 CD），用聽寫法繼續學英語，全面提升聽、說、讀、寫、譯的能力，讓你的英語更上一層樓。

Chapter 8

用過
都說好！

Methods for Learning English

◎學英語 給你好方法

我十幾年來在各地大力推行聽寫法，指導過不同學歷、不同程度的人學習英語。使用聽寫法學習英語的人，無不從此成功掌握英語。本章收錄了他們的心得。

 會中文，就能學會英文！

—— 陳強（就讀碩士班時）

用聽寫法學英語快兩年了，感受真是太多了。千言萬語匯成一句：「It's terrific. It really works. I believe it. It can lead me to touch down.」

❀ 英語學習的真相

用聽寫法學習，我最大的收獲是重新認識了英語學習。學習英語是一種永不停歇的思考訓練活動。

我們能說中文是經過了多少年不自覺的、不間斷的訓練的結果。學習英語也是一樣。

有的人說：「英語不好學，我不是學英語的料。」我覺得有這種想法的人，並不是頭腦笨，而是沒有下

定決心要學好英語、沒有持之以恆的學習毅力。我認為，會說中文，就能學會英語，關鍵是要下功夫長期堅持不懈地自我訓練。

在我看來，聽寫法的「聽、寫、說、背、想」五法並用，實際上就是我們從小學習中文的過程。不過建立中文的過程是不自覺的、被動的，而現在學習英語的過程應該是主動的、自覺的。

這裡所說的主動和自覺是指要認識英語的重要性、並在學習過程中主動創造條件、主動按照規律自我訓練、主動地調動各個感官和思考器官去接受英語的刺激。

學英語的人都應該把自己看成是一個小學生，一個字一個字、一句話一句話地學。

❀ 從不及格到第一名

我從小學三年級就開始學英語，比一般人早，所以大二時能以 77 分（滿分 100 分）的成績輕鬆通過學校的第一階段英語評鑑考試，也因此被認為是班上英語程度比較好的。不過，事實上我的英語並不紮實。我在畢業前考過五次第二階段評鑑級考試，第一

次的成績是 58.5 分，最後一次是 48 分。

後來我開始按照聽寫法的要求聽寫慢速英語。

剛開始時，我只能聽懂播音員在句與句子之間的停頓後唸的第一個字，後面的就全都聽不懂了。我深刻地體會到，英語學習是一個漫長的過程，來不得半點急躁，而且必須放下架子，像小孩子學說話那樣，一個字一個字地聽寫，不能有半點自以為是。

我腳踏實地地以聽寫慢速英語的方式打牢了基礎，在隨後的第二階段評鑑考試中考了 90.5 分的高分（全校第一名）。

有的人認為聽寫慢速英語是英語程度不高的表現，非要在聽不懂慢速英語的情況下去聽難度更大的一般英語。這種虛榮心不會帶來什麼好結果。

其實慢速英語是很好的教材，它用最常用的字彙和簡明的文法，把各種事物都描述得清清楚楚，是非常值得學習的。能像聽中文廣播一樣地聽慢速英語以後，再去聽一般英語廣播，才會比較容易進入情況。

按照聽寫法學習，收獲很大，而且樂趣無窮。

我如何用聽寫法準備托福考試

——陳強（擔任研究所工程師時）

　　我一開始嘗試「聽寫法」時進展很慢，十分鐘的慢速英語新聞需要兩個半小時才能聽寫完成。但是，我並沒有因此就氣餒，仍然堅持天天聽寫，而且一絲不苟，要求自己每個字都必須清楚、正確。

　　經過兩個月的努力，我的聽寫能力越來越強，對發音的感覺也越來越敏銳，因此聽寫速度越來越快。三個月下來，聽寫十分鐘的慢速英語新聞只需要半個小時左右。我掌握了「聽寫法」的基本要領，也掌握了慢速英語的常用字彙和常用句型。

　　繼續聽寫慢速英語三個月後，我開始聽寫一般英語，持續了兩年，直到 1995 年畢業。開始工作後，比較沒有完整的時間聽寫，但我還是堅持天天聽英語，而且假日時總要聽寫上幾個小時。

　　我覺得，**「聽寫法」的精髓是強調英語音、形、意的緊密結合**：小到一個單字、一個片語，大到一句話、一個段落。以聲音為主軸，並由聲音將形狀（拼

法）與含意連接起來，突出了「聽」在英語學習中的主導作用，使英語學習更具有實用性、挑戰性和趣味性。

❀ 準備托福考試

畢業兩年後，我決定採用「聽寫法」將字彙基礎再打紮實一些，並以兩本字彙的書為教材。我每天聽寫一課，而且全部內容都聽寫，有生字或記不清的字一律查字典（當時用的是英漢字典），一定要確實弄清。

約一個月後，我將第一本字彙集的四捲錄音帶全部都聽寫完。我快速翻看了書後的單字表，看到一個字就回想該字的發音、同義詞和各種變化，並回憶課文中的例句。我發現有一些字仍然很陌生，而且為數不少，於是我決定將四捲錄音帶再聽寫一遍。

這一次的聽寫方式與上次有一點不一樣：我只聽寫沒記熟的生字，並盡量不讓錄音帶停下。如此我將四捲錄音帶又聽寫了幾遍，一遍比一遍快。

為了充分利用時間，我總是帶著隨身聽，走到哪聽到哪。排隊、等人、坐車、走路、上街等一切可以

利用的時間，我都不放過。

這時，「聽寫法」的優點就得到充分的發揮。我一邊聽一邊聯想，所學的內容就浮現在腦海裡。這樣的學習方式，收獲大大超出了那本字彙書本身的範圍。那兩個月內，這四捲錄音帶我大概聽了 30 幾遍。

之後，我開始向第二本字彙集進攻，這時我也有了參加托福考試的念頭。我為自己訂下一年後去考托福的計畫，因此，這第二本字彙集便是我加強英語、準備考試的第一步。

我依然採取相同的方法，只是這次改用英英字典。只要碰到生字或是記憶模糊的字，我都一定查字典，並標記在書上，同時，還不斷地與第一本字彙集相關的字互相對照。我花了兩個月的時間，把第二本字彙集的四捲錄音帶全部聽寫了一遍。此後我又利用一切可以利用的時間反覆地聽，用了一個多月的時間鞏固成果。

這時，我又想到：念完這兩本字彙了，下一步該怎麼辦？我想，一方面我還是要不斷地複習，另一方面還得另闢蹊徑。因為，這兩本書、八捲錄音帶的內

容有限，而且都是單句，不成文章，必須另找學習材料。

後來我選擇了另外兩本英語教材。這兩本書的英文書名分別為 *Developing Skill* 和 *Fluency in English*，光看名字就可以看出作者的用意：為讀者打好中級英語的基礎，以能閱讀一般英文文章，並向進階英語前進。

我開始用「聽寫法」念這兩本書。這兩本書裡的文章，越後面內容越困難、篇幅也越長，絕對超過了托福聽力測驗短文的程度。每一篇內容我都老老實實地聽寫，最後共花了五個月的時間，把這兩本書念完完了。

這段期間，我仍然不時聽聽前兩本字彙集的錄音帶，而且堅持每天一定要聽一個小時的英語廣播。我覺得這個階段的學習方式，確實達到了我既定的目標：複習字彙、鞏固中級英語，又同時擴展了知識範圍。

最後，我把從這兩本書上學到的生字、短語各三百條左右，都記在一個小筆記本上，以隨時翻看，同時開始找一些針對托福考試設計的題目做練習，如聽

力、文法、填空、閱讀等，還做了一些模擬試題。我還反覆地以錄音帶複習之前用那四本書學過的內容，而且是以聽錄音帶的方式複習。

全面而紮實地掌握這些材料後，雖然我沒有參加過任何托福考試訓練班，仍然對考試充滿信心，結果托福考了 627 分（相當於托福電腦化測驗 264 分）。

❋ 我的感想

回顧這段歷程，我有兩點體會：

1 努力在平時

我在決定考托福前，就已經念完了兩本字彙集，有了較好的基礎了，到了後來才開始針對考試做模擬試題，但是我很快就能適應題型。

有良好基礎的人，我想，不管題型怎麼變，都會取得好成績。功夫要下在平時，沒有平時紮實的基礎，只想憑考前的衝刺取得好成績，成功的可能性是很小的。

2 中級英語一定要紮實

有些人以為自己可以聽懂美國電影、可以聽懂英

文歌曲、可以和外國人聊上幾句，中級英語應該不在話下吧。這是非常錯誤的觀念。**中級英語扮演著承上啓下的角色，沒有紮實的中級英語，想再進一步是非常困難的**。我認爲，只要中級英語紮實，托福就可以考到 600 分（電腦化測驗 250 分）。

怎麼檢驗自己中級英語是否過關呢？把高中英文課本全部聽一遍，如果每篇文章都能百分之百聽懂，每個字都會寫、會讀、會用英語解釋、會造句，每個文法規則都會解釋，中級英語就過關了。

採用「聽寫法」學習，開始時看起來很慢，但學到的英語全面而且紮實。在複習階段，「聽寫法」的優勢就越發明顯，因爲知識都濃縮在錄音帶內，只要以聽爲主，再透過聯想，就可以在短時間內複習大量的內容，而且時間利用率極高。

聽寫法使我脫穎而出

——段德盛

高中時，我一直是班上英語最好的學生之一。念

大學時，英語在系上也算是一等一。

畢業後，我在醫院從事醫療儀器維修工作，開始需要看一些英文說明書，我才發現自己真正的英語實力。

我記得第一次是要看一台生化分析儀的說明書，結果看得很吃力。我只好把不懂的單字一一查出來，再把說明書翻譯成中文，才看懂了。經過這次的經驗，後來再看英文說明書時就比較容易了。

❀ 聽寫法初顯神威

後來我考上研究所。研一時，我的英語程度在班上只算中等。每天早上看到有些同學拿著收音機聽慢速英語廣播時，心裡就很羨慕：「我什麼時候也能聽懂啊？」

雖然我一進研究所就知道了所謂的「聽寫法」，但是我仍然用背的方式學英語，不久就覺得太枯燥而難以繼續。

在無可奈何的情況下，我從研一下學期開始嘗試使用「聽寫法」學英語。那時還沒有 CD player，只能用錄音機倒過來、倒過去地聽。一面 30 分鐘的慢

速英語，我聽了一個月左右。

後來，我開始聽寫慢速英語廣播節目，工具是一本字典、和一本介紹聽寫法的書。

一開始聽寫第一捲錄音帶時真困難，一個小時下來只寫幾行是常有的事。至今我仍清楚地記得，有一次一個字聽了 50 幾分鐘也沒聽出來。但正因為如此，我才體會到聽寫法的價值，也才看到了自己的英語程度。

到了期末，我斷斷續續地聽寫了 60 幾個小時的錄音帶。那個學期的英語課，我一節也沒有去上。

期末的英語考試是交一篇作文、再考聽力和會話。

考聽力用的是托福試題，我考了全班第一。

考會話時，我們坐在教室裡，教授出了幾個題目，誰準備好了就去找教授講幾分鐘。我看了一下題目，稍微準備了一下，就第一個去找教授講了。這 60 幾個小時的聽寫有效果了，我的英語開始在同學中略顯突出。

研二上學期，我規定自己每天要聽寫兩個半小時，每聽寫完兩個半小時就在筆記本上畫一槓。到了

學期末，我的筆記上一共畫了 108 個槓。也就是說，這個學期我用聽寫法學習了 108 × 2.5 ＝ 220 個小時。經過這段時間的學習，我已經可以順利地聽懂慢速英語了。

❀ 擔任口譯

研二下學期時，一個研究機構請我們幾個研究生去擔任技術講解的口頭翻譯，其中就有我。

我心裡直想：「我做得到嗎？」

可是當我站在講台上翻譯完我方教授的第一段話後，就立刻知道：「我做得到！」

人的聽和說的能力是互有相關的。一年來的聽寫已經鍛鍊出我用英語思考的能力。

聽寫完一面錄音帶後，我總是對著聽寫記錄跟著錄音機朗讀，自然而然就形成了用英語表達思想的能力。

那次的口譯任務，我是幾個同學中翻譯的場次最多的。

❀ 翻譯兼工程師

研究所畢業後，我從事通信系統的規劃和建設工作，有時要與外方進行技術會談。我既是工程師，又是翻譯。因為我專業和英語都懂，所以彼此間的溝通準確、順利，也容易進行深入細致的討論。

平時我還要透過傳眞以英語與外方提出技術要求、進行諮詢、對方案進行修改或認可、提出我方建議等。一般是我先起草中文稿，給上司審閱修改後，翻譯成英文，再給上司審閱、同意後發出。

我的上司是企管碩士，他說我寫的英文比較道地。我寫的信函曾加快了談判的進程，我寫的系統技術要求也曾被外方原封不動地作爲其建議書的附件。

有一次我參加一個管理研修班，由三名加拿大政府的退休官員講課。我的英語程度在班上顯得較爲突出。有人便問我，英語是在哪裡學的？

我回答說：**「我的英語，是長期堅持用聽寫法學習來的。我沒出過國、也沒花大錢上過補習班。字典和周圍英語比我好的人，就是我的老師。」**

我深刻地體會到，用聽寫法學英語是我在選擇學

習方法上的一大關鍵。有人說聽寫法太浪費時間，其實它的時間效率比什麼都高。

我只用了大約400個小時，就使我的英語程度從聽不懂、不會說、不能熟練地閱讀英文，進步到輕鬆聽懂、會話流利、能熟練地閱讀英語文獻的程度。

400小時相當於一個非外文系大學生一年內課內課外學習英語時間的總和，用常規的學習方法恐怕難以達到這樣的效果。

（四）念完國一英語的小學生

——段德盛

我有兩個外甥女，小的八歲，大的11歲。

一年暑假我回老家時，送給她們一人一份禮物：一本介紹聽寫法的書和一本國中英語課本。從這時後起，她們就正式開始學英語了。

「聽寫法」以聽寫為主，但小孩子一開始只能以聽、讀、拼、背為主。等到字母會寫了、單字會拼了，再讓她們抄寫聽過的內容，抄的同時嘴裡還要跟

著錄音機不停地念。等抄寫比較熟了之後，可以讓她們聽寫已學過的內容，能聽寫就聽寫，聽寫不出來就翻開書抄。

國中課本裡有聽力練習的單元，我也試著讓她們聽寫。她們一開始聽寫聽力練習單元時，什麼都聽不出來。小孩子的聽力很敏銳，她們覺得困難的地方不是聽不清楚發音，而是因為剛開始接觸沒有文字對照的英語，會反應不過來聽到的是什麼。這時候就需要一字一字、一句一句地為她們講解，然後引導她們回答聽力練習的問題。

這樣聽過幾次後，只要她們前面學過的內容夠紮實（發音準確、單字會背、句子意思也了解），她們就會慢慢習慣這樣的聽力練習了。

她們在父母的指導下，一課一課認真地聽寫。第三年過年我去看她們時，她們已經把國一英語都學會了。

親眼看到小孩子學習英語和進步的過程，也使我有了幾點體會：

1 聽寫法的核心是「堅持」

英語學習猶如體能訓練，想要提升成績，就要在訓練最累、最艱苦的時候堅持下去。

2 學英語的兒童不會混淆中文和英文發音

有的人擔心兒童學英語可能會與中文的發音混淆，其實這種擔心是多餘的。我見到的在學注音符號前就學英語的孩子都沒有搞混。

3 兒童開始學英語時，家長要適當地輔導

如果父母英語程度不高，最好和孩子一起學。

孩子一開始學英語，會遇到許多需要解答的問題，比如：「這句話是什麼意思？」等。

孩子的思考方式比較直接，遇到不會的問題就可能會出現煩躁、厭學等現象，如亂丟課本、學不下去等。

大人的思考能力比較成熟，即使不會回答問題本身，也可以分析問題的性質，如果能夠為孩子做些適當的解釋，往往可以解除孩子因問題和困難而帶來的壓力，使孩子繼續學下去。

因此，如果家長英語程度不高，最好能和孩子一

起學，這樣不只對孩子好，自己也會有所進步。

4 「聽寫法」是最自然的學習方法

「聽寫法」其實就是從聽力著手，以「聽、寫、說、背、想」這樣最自然的方式學習英語。

「聽寫法」跳脫出常規的、拘泥於文法和練習的、以考試為目標的英語教育；強調踏踏實實、「字字皆辛苦」地學習，並摒除速成的浮躁心理。

在我的經驗中，**只見到堅持用「聽寫法」而把英語學得很好的，沒見過用「速成法」把英語學好的。**當然，條條大路通羅馬，我們要在學習中不斷檢討、吸取他人的成功經驗，在學習和應用的道路上，走過一座又一座羅馬城。

 英語的蛻變

—— 曹雨（國中時寫給鍾道隆教授的信）

自從我使用聽寫法學習英語後，效果非常好。

認識您的人告訴了我很多關於您學習英語的事，我也從您寫的書中了解了很多。我十分敬佩您的學習

精神，尤其是您對英語孜孜不倦地鑽研，使我大受啓發、獲益匪淺。下面爲您說一下我使用聽寫法的體會。

我上小學時就學過英語，但由於英語不考試，沒有好好學。國一時，英語成了主科之一，迫於考試壓力，我很不情願地學起英語。雖然我也努力過，但由於沒有好方法打好基礎，成績始終沒有什麼起色。

後來我用聽寫法學習國中英語，聽寫課本所附的錄音帶。我以前從來都不聽錄音帶，頂多只唸唸課文，所以剛開始聽寫錄音帶時很不適應。

但是聽寫了一段時間以後，我覺得我的英語有了很大的進步。在聽寫過程中發現問題的同時，往往加深了對於英語課文的理解，同時注意到了許多以前從未覺察的細節問題。我感覺到自己的英語開始「蛻變」了。

國二下學期的期末考，是我用聽寫法學習英語後的第一次考試。

我信心十足，認爲自己應該學有所成了。我答題的速度很快，而且得心應手。考試成績下來，我得了99.5分，那0.5分錯在一個無意拼錯的單字上。

　　我不僅是全班第一，在整個年級中也是名列前茅。我的聽力在班上更是突出，我深深地感受到了聽寫法的威力，學英語的信心也大大地增加了。

　　在這之前，我曾經用過各種教材學英語，但都沒有「聽寫法」收效快。

　　我覺得聽寫法是一種非常值得提倡的學習方法，於是便在班上推廣。但是同學都認為太花時間了，怎麼也不肯用。

　　後來我說服班上一名成績中下的同學用聽寫法去念英語課本。考試下來，他的成績由上次的78分躍為90.5分。

　　我在用聽寫法學習國中英語課文的同時，還聽寫慢速英語廣播。

　　一開始時非常吃力，不會的單字、聽錯的、漏掉的，到處都是，幾乎沒有完整的句子。但是堅持了兩個月以後，聽寫記錄上的錯誤明顯地減少了。以前一條新聞要好幾天才能聽寫完（我每天聽寫一個半小時），現在一天就能聽寫出來了。

　　總之，「聽寫法」對我的幫助太大了，使我的英語徹底地脫胎換骨。

我十分感謝您的學習方法，我要學習您的精神。

六 媲美外文系學士

——張宇（電機系學生）

剛考上大學時，曾為自己的啞巴英語發愁。為了提升聽和說的能力，也曾嘗試過各種方法，但是進步都不明顯。就在我無所適從的時候，我認識了鍾道隆先生，他向我介紹了聽寫法。我抱著試試看的心理，開始了第一次的聽寫。誰知一發而不可收，一學就是好幾年。

我的英語進步很快，不只系上的英語考試成績優異，還曾兩次獲得大專學生英語演講比賽的亞軍，並且是青年英語電視大獎賽中唯一進入前八名的非外文系學生。

比賽的評審都認為我的英語聽、說、讀、寫能力已經達到外文系畢業生的程度，使我更深深地感覺到聽寫法是一種科學有效的學習方法。

 掃除障礙的推土機

——廖俊寧

　　以前我好幾次下定決心要學好英語，可是總是學一陣子、停一陣子、再學一陣子、再停一陣子，一直沒有突破性的進展，上不上下不下地吊在那兒。說我會英語吧，可是又聽不懂、看不快、也說不出來。說不會英語吧，好像模模糊糊地也還是懂一點。我幾次學習都進步不大，因此便有些失望，覺得英語學不好了。

　　非常幸運的是，我在去年聽說了「聽寫法」。傳說「聽寫法」很神，我便抱著試一試的態度，開始用聽寫法學英語，結果效果果然很好。

1 聽寫法有魔力

　　用聽寫法學了一段時間之後，我覺得聽寫法好像有一種魔力，深深地把我吸引住了，幾天不學英語便渾身難受，非得坐下來聽寫幾段英語才行。學了便放不下，這特別適合自學。聽寫法的一個副產品，就是可以培養良好的學習習慣和學習毅力。

② 聽寫法非常有用

聽寫法好像強力推土機，能推平英語學習道路上的障礙和困難。但是，一開始一定要「大劑量」地學，每天至少念五小時以上的英語，才能順利地進入情況。

聽寫法能夠鍛鍊聽力、閱讀能力、會話能力、記憶單字能力以及自己解決學習問題的能力。總之，各種能力能夠得到全面的提升。

我用聽寫法學習一段時間後，覺得進步最大的便是聽力。

起初聽慢速英語似懂非懂，為了要把內容寫下來，我不得不一遍又一遍反覆地聽，最後聽不清楚的地方都逐漸清晰起來，現在的我聽慢速英語已豪不費力。

以前我根本聽不懂一般英語（Standard English），現在卻覺得一般英語的語速好像也沒那麼快了，有時也能聽懂某些新聞了。我心裡非常高興，更深深覺得只要方法正確、肯努力，英語是可以學會的。

八 放大每一個細節的顯微鏡

—— 夏國宏

我用聽寫法學習英語已經九個月了。經過這九個月的學習，我不僅在「聽、寫、說、背」的能力上有了一定的提升，而且也鍛鍊了恆心和毅力。

經過這段學習，我得到了以下的收穫和體會：

1 養成了良好的學習習慣

剛開始用聽寫法學習時，覺得每天學習兩、三小時太長，有時精神難以集中，因此學習效率也不高。但是經過一段時間的學習後，覺得英語程度提升了、信心增加了，學習的熱情也隨之升高，便覺得兩、三個小時的學習時間很短。

由於堅持每天聽寫，而且聽寫記錄一天比一天多，便逐漸形成一種自我要求的心理：今天必須多聽、多寫幾頁（至少要和昨天一樣多），否則就會有一種沒有完成任務的內疚感。如果某天沒有聽寫英語，就會覺得有件事沒有做，心裡很空虛。

② 聽寫法的特點

1. 它一開始就讓人們懂得學習英語不是一件輕而易舉的事情，想要學好英語，就必須下苦功。

2. 它強調紮紮實實地打下基礎，只有打牢基礎，才能順利前進。

3. 用聽寫法可以很快地發現自己的不足。

我用聽寫法學英語以來，聽寫了全部的中學英語錄音帶，使自己在發音、辨音能力、語感等方面都有明顯的進步，同時也增加了 700 多個的字彙量。

我覺得聽寫法就像是一台顯微鏡，能清晰地放大每一個細節。習慣成自然後，就能明察秋毫，英語程度自然就會有明顯的提升。

 聽寫法讓 45 歲的我嚐到了甜頭

——李沛聲（寫給鍾道隆教授的信）

我是個工程師。您還記得吧，幾個月前您到我們的研究所講課，就是我去接您的。自從聽了您的講課

和看了您寫的有關聽寫法的書籍後，便如茅塞頓開，短短時間內大有長進。眞是「聽君一席話，勝讀十年書」。這眞得好好感謝您。

眞是無巧不成書。我今年也正好45歲，正是您當年發憤學英語的年齡。我就是您所講的一個「久久攻不下英語」的人。在此之前，我已經學了近30年的英語，結果仍然是個英語啞巴，沒有突破性的進展，幾乎失去繼續學下去的決心。

正當我一籌莫展的時候，天賜良機，您來到了我們的研究所，爲我點明了方向、增加了我的信心，我開始按照您的思路和方法去學英語。

也是機緣湊巧。所裡從美國進口了一台設備，安裝時便由我擔任翻譯。要是以前，我是不敢承擔這個責任的。但是在您的學習經歷和精神鼓勵下，再加上幾個月的學習成果，我勇敢地擔下了這項任務，而且順利地完成了這項任務。

當然，我目前的程度還只是剛剛起步，離實際需要還有很遠的距離，但這一開始的小小成就恢復了我學習英語的信心。有了您這個榜樣，我相信有朝一日，我也會有突破性的進步。

我深刻地體會到，您對我的啓發和幫助實在是太大了。因此，我願意藉此信向您致以深切的謝意。

✚ 用聽寫法自學英語，好！

——王若年

我學中醫，需要閱讀醫學方面的英文書籍。不過我採用傳統的學習方法去學英語，結果事倍功半，學得似懂非懂，也看不出來會有什麼大好前途。儘管如此，我還是繼續學，希望有一天能把英語學好。

自學英語雖然成效不大，我的妻子卻發現我的頭腦更敏捷了。因此，她說她也要學英語，因爲不管英語學得如何，健腦的目的總是可以達到的，結果我們全家都開始學起英語來了。

正值此時，一個偶然的機會，我在學校的書店裡看到不少學生在買介紹「聽寫法」的書。我也順手拿起一本翻翻，卻牢牢地被它吸引住了，一口氣就看了快一半，我馬上把書買回家。看完書，我深深地被作者鍾道隆教授的創新精神所感動，同時也看到了自學

學會英語的新希望。我立刻發了一封 e-mail 給他，由衷地感激他創造了聽寫法，解決了我們自學外語的大難題。

隨後我選了一本書當作入門教材，一直學到現在快半年了。現在我來談談這段時間用聽寫法自學英語的點滴體會。

❀ 我自學外語的經歷

我愛好學習，什麼都想學，什麼都想會。學外語也一樣，英語、俄語、日語、德語和法語等都自學過。但是不知道該怎麼學，只憑著一股衝勁和想像去學，結果拚了幾年也沒什麼成果。

我想可能是因為學的範圍太廣了，於是改為單攻英語，總算有點小收穫。我曾獨自翻譯和帶領翻譯、出版五部內容較艱難的英語科技原文書，內容涉及現代數學、經濟貿易、電腦等，由於譯文準確和通順而得到好評。

但是我的英語是「啞巴」英語，儘管我一心想擺脫這種困境，卻一直未能如願。

後來我被調到大學任教，該校十分重視外語教

育，師資陣容強、學習環境好，因此，我有幸結識一些外文系的英語教授，聽他們跟我分享他們的教學經驗。

他們認為成年人學習英語會話，必須暫停工作、進行密集式的訓練至少一年以上。他們這番話等於是向我澆了一壺冷水，使我再也沒有勇氣自學英語了。我只能等待時機，暫停工作一年，進行密集式的訓練與學習。

我至今一直沒有等到這個機會。但是鍾道隆教授是一位自學英語成功的人，他的成功使我看到了希望。我重新鼓起自學英語的勇氣，決心再次一搏。

✳ 用「聽寫法」自學英語

在重新學習英語之前，我必須認真研究「聽寫法」的要求與做法，並一一對照自己的情況，找出我的癥結所在，做出適合自己的決定。

「聽寫法」告訴我們，起步階段要具備紮實的國中英語知識。鍾道隆教授有句出名的警語：「你們的國中英語還沒有學好！」這是對英語沒有過關的人，包括某些博士班學生在內的人所說的，當然也包括我

在內。因此，我得先補課。

　　「聽寫法」又告訴我們：「對我們來說，聽寫比閱讀難。」

　　為什麼聽不懂英語？「聽寫法」分析了如下七個原因：

❖ 語音不紮實（非常符合我的情況）

❖ 基本文法不紮實（不符合我的情況）

❖ 字彙量不夠（不太符合我的情況）

❖ 缺乏背景知識（不太符合我的情況）

❖ 主要是聽力程度低，不是缺乏背景知識（符合我的情況）

❖ 不熟識專有名詞（不太符合我的情況）

❖ 不了解人們糾正口誤時的用語（符合我的情況）

　　關於為什麼寫不對，「聽寫法」認為「主要是單字的拼法不熟練，只要勤查字典即可解決」。

　　綜上所述，對照我的實際情況，我需要在進入慢速英語的起步階段之前，增加一個補課階段。我選了一本字彙少、語速慢、文法不艱深的書當作教材。

我與妻子一人用一套書和錄音帶，嚴格按照聽寫法的要求，逐字逐句聽寫。我每天都念五個小時以上，力爭盡快完成補課階段。

　　至今過了五個多月，我已經聽寫錄音帶十遍了，並進行了一次小結，列出尚不熟練的單字，分類歸納詞義相近、結構相似的句子和短語，並摘錄精彩的句子和短語。

　　現在我可以聽寫出錄音帶全部的內容了，即將完成補課階段，並進入慢速英語的起步階段。雖然前面的路程還很漫長，但是有「聽寫法」的指導和成功的先例，我充滿了信心。

❀ 學了英語還可健腦

　　現在，出國的人要學英語，不出國的人也要學英語；年輕人要學英語，年老人也要學英語。學外語，其實不只是為了出國和工作。

　　人退休，頭腦可不能「退休」。我們在身邊就能找到許多這樣的例子：退休後還在認真研究學問的人，頭腦仍然很敏捷，身體依舊很健康。各種研究也指出：人衰老是從頭腦的衰老開始，只有頭腦健康才

有全身的健康。

　　用心學習自己不熟識的英語，實在是一種很好的健腦方法。爲此，我把學英語，視爲一種老年健身法。當然，學自己不熟練而喜歡學的其他外語，也會有相同的效果。

Chapter 9

結論

Methods for
Learning English

學英語 給你好方法

一 不要急躁

在剛開始使用聽寫法的起步階段，尤其是前兩、三個月，由於程度不足，學習者不得不逐字逐句地學，因此進度當然十分緩慢，可能一段三、五分鐘的英語花了三、五個小時也不一定能全部聽寫出來。CD 反反覆覆聽了又聽，非常枯燥無味，不但令人洩氣，更令人懷疑自己到底能不能學會英語？

這是起步階段最困難的時刻，也是不少人打退堂鼓的關口。如果你是有志者，那麼一定要沉得住氣，一定要有耐心，一定要硬著頭皮堅持下去。古語說得好：「只要功夫深，鐵杵磨成針。」只要堅持逐字逐句地學，力求字字懂、句句懂，英語一定很快就會進步。

也許有人會說，這種逐字逐句學的方法實在費力、費時又太「笨」了。事實上，它是初學者必須經過的一個階段。一段時間後，再回去看剛開始時的聽寫記錄，可能連自己也會覺得很可笑：「怎麼那時候連這麼簡單的字也聽不懂？」

凡是腳踏實地、堅持到底、逐字逐句學過來的

人，都達到了提升英語各方面能力的目的。而那些起步後偶爾聽懂了幾句、或似懂非懂地聽懂一兩篇短文，就認為慢速英語太簡單、不值得下功夫的人，大多欲速不達，沒有什麼進步。

只要堅持「逐字逐句學」，力求「字字對、句句對」，你就會像小學生學國語一樣，每天都能學到新的知識，更會對聽寫法上癮、入迷。就像是想出謎語的答案一樣，你會為了猜出一個字、弄懂一句話而高興不已，或是為了找不出某個字而久久不能忘懷。

不要急躁也意味著不要好高騖遠。有的人（尤其是學歷比較高的人）在還沒有打牢基礎的情況下就急於提升程度，結果就是表面看起來是在學英語，但事實上是既不深入也不穩固。

還沒有紮紮實實地掌握慢速英語，就去聽寫一般英語，必定兩頭空：慢速英語不熟練，一般英語也聽不懂，越學越沒有信心。

為了有效地防止自己的急躁情緒和好高騖遠，讀者不妨把「慢些，慢些，再慢些」寫在自己的聽寫本子上，或者把它寫成座右銘放在桌子上，以時時提醒自己。

花這麼多時間，值得嗎？

　　或許有的人覺得用逐字逐句學的方法提升聽力和閱讀能力太花時間。在反覆猜某個字（尤其是一些與自己的專業沒有什麼關聯的生僻字）而不得其解時，就容易對聽寫法產生疑慮：「何必花這麼多功夫，看原文不就知道答案了嗎？反正是跟我的專業領域沒有直接關聯的生僻字，猜不到也無關大局，猜到了也用處不大。」

　　針對這個情況，我們可以從比較學習母語與學習外語的過程中得到一些啟發。例如學習母語「再見」一詞，是從孩子只有幾個月大、都還不會說話（或許也聽不懂）的時候起就開始教，一直教到孩子知道在什麼場合說「再見」為止。這段期間可能已經教了上百遍、甚至上千遍。

　　我們上學以後才開始學說 good-bye，不像中文的「再見」幾乎是一出生就開始學。第一次聽到good-bye，對我們來說也不具有任何意義，它的發音、語調和含義，都要從零開始進行記憶和理解。這個過程絕不是幾次或幾十次就能完成的。所以，從某

方面來說，**聽寫法的猜字過程，就是我們從小學習字詞的漫長過程的濃縮。**

　　花很多功夫去猜字，而不直接看答案的收獲是多方面的，更可以全面鍛鍊和提升英語能力。

　　首先是語音。假定某個字猜了 20 次才猜對，前 19 次雖然沒有猜到，但也是充滿收獲的。

　　因爲，每猜一次，你都會反覆聽幾遍該字的發音，並思考爲什麼上一次沒有猜對？是不是有什麼細微的音沒有聽出來？這樣，每猜一次都有新收獲：或者聽出了上幾次沒聽清楚的發音，或者學到了一個特殊的發音規則等，並一步一步地接近正確答案。經過這 20 次的重覆，你不只對於這個字本身，連這個字的發音現象，一定都會有深刻的印象。

　　其次是英語用法。要猜的疑難生字不是單獨出現的，而是包含在一個句子裡面的。爲了猜到它，你必須反覆聽那句話，然後把生字的發音、與其他字的關係、在整個句子中的作用等資訊都綜合在一起，好去猜測那是什麼字。

　　在這個過程中，你會反反覆覆地聽到那些你已經「會」或已經「熟悉」的字或片語，也會用到那些你

已經「會」或已經「熟悉」的文法。經過這樣不斷的
重覆,「會」或「熟悉」的英語就一步一步更「熟練」
了。至於那個疑難字,由於是經過反覆地聽、思考和
分析才猜到的,所以也就更易牢牢地記住了。

猜字是一個不斷地假設與求證的過程,腦子一直
處於積極思考的狀態,因此記憶效果會比機械性地重
覆朗讀要好得多。

不同程度,不同表現

學習者的英語程度高低不同,學習表現和學習方
法也有所不同。

1 抓關鍵字與聽大意

英語程度低時,無法抓住關鍵字和聽懂大意,只
得逐字逐句學。而程度提升以後,不逐字逐句學也能
抓住關鍵字和聽懂大意。

2 大腦裡的英語和中文

英語程度低時,大腦裡的英語和中文是截然分家
的,從英語到中文的兩個翻譯步驟,無處不在、無時

不在。對於儲存在大腦裡的資訊，能清楚地區分出是從中文得來的還是從英語得來的。

程度提升以後，大腦裡從英語翻譯到中文的過程逐步減少，因此慢慢地能直接聽懂英語，也漸漸地不再清楚區別某個資訊是從哪個語言得來的。大腦裡的英語和中文平起平坐、慢慢地融爲一體了。

③ 查生字和記生字的情況

程度低時，因爲不熟悉發音與拼法，很難跟據發音查到聽到的單字，往往花了很長的時間還查不出一個字，但是一旦查到了，記憶會非常深刻。

隨著程度的提升，根據發音查單字變得輕鬆迅速，但是查到後也比較容易忘掉。

④ 聽寫時的心情

程度低時，豎起耳朵、全神貫注地聽，深怕漏掉什麼，心情必然是很緊張的。而心情一緊張，本來應該聽得懂的也可能聽不懂了。

程度提升了以後，心情就比較放鬆，即使一心二用，也能聽懂。而心情越放鬆則越能發揮出實力，該聽懂的都能聽懂。

5 對待問題與困難的態度

程度低時，聽懂了一些字或句子，心中就高興不已，聽不懂就不高興。

隨著程度的提升，如果一天學下來沒有碰到生字，就會覺得收獲不大。反之，如果碰到聽不懂的字，心裡反而非常高興，因為「這下子又可以學到新知識了！」精神也隨之振奮起來。因為正是這些聽不懂的字，才是引導你進一步提升英語程度的嚮導。

（四）這或許是捷徑

聽寫法並不主張曠日費時、慢慢地磨，它主張在起步階段就以大「劑量」學習，以在更短的時間內達成學習目標。

每天念半個小時或一個小時就夠了嗎？不夠。很多人多次自學或進補習班學習英語，剛開始時，從零開始，什麼都是新鮮的，每天念個半小時或一小時，收效非常明顯。但是過了一段時間（譬如說五、六個月以後）後，念的時間還是一樣，卻好像沒什麼進步了。這是什麼原因呢？

研究記憶的心理學家認為，記憶力正常的人，如果每天學習英語的時間不夠長，到了一定的程度以後，每天新學到的量就會和忘記的量差不多。也就是說，很難再有顯著的進步。這就是為什麼許多人三番兩次地學英語，但是始終沒有明顯進步的原因。

　　那麼，每天該念多久的英文呢？依據我自己和許多使用聽寫法的讀者的經驗，在起步階段，必須加大「劑量」，每天至少念三到五個小時，以盡快完成短期目標，使自己的聽力達到一個新的層次，達到離開字典可以大致聽懂慢速英語的程度（注意！是「大致聽懂」，要想輕鬆自在地像聽中文一樣地聽慢速英語，還需要進一步地鞏固和增進聽力）。達到這個目標是提升聽力過程中最困難的一步，但是一旦達成了，前面就是一片坦途。

　　不少人迷戀各種速成的英語學習方法，視其為英語學習的捷徑，認為從基礎開始著手的聽寫法收效太慢。事實上正好相反，**從基礎開始紮根的做法，才是真正的捷徑。**

　　其實，不論是學什麼知識，只要方法得當，紮紮實實地一步一步來都是最快的。

聽寫法不急於求成，主張在起步階段「大劑量」地集中時間學習、踏踏實實地打好基礎，並把英語滲透到日常生活的每個角落去，在想速成的人看來，實在是太慢了。

但若能堅持這麼做，紮實的基礎會為以後的進步奠定良好的基礎。而且你每走一步都能看到自己的進步，因此整個學習過程就是一個「自我鼓舞、自我激勵」的「良性循環」，越學越有趣，越學越有熱情。

反之，急於求成、朝三暮四，頻繁地變換學習途徑，一定看不到明顯的進步，因此越學越沒勁，整個學習過程變成一個不斷「自我洩氣」的「惡性循環」，英語程度也不會提升多少。

最終的學習成效，才是判定學習方法速度快慢的依據。

聽寫法，看起來似乎是慢，但是它能從根本去提升英語程度，使得學習者的英語能力取得質的飛躍，從整體上看，事實上很快。

如果說學習英語有什麼捷徑的話，聽寫法，或許就是一條捷徑。